轉念一笑

找回幸福好日子

Ginson Leung 著
Charles Choi 繪

目錄

序一：三千煩惱，一笑盡解

大約在三年前，我為 Ginson 的新書《尋找天堂》作序，很欣賞她對生命的熱忱和對人生的感悟。近來她的新作《轉念一笑》出爐了，繼續以輕鬆幽默的筆觸書寫日常生活遇見的人與事，透過生活瑣事對生命意義不斷提出詰問，可謂是以小見大。

三年之間，世界氛圍已是天翻地覆。新冠病毒影響全球，令各行各業大受打擊，經濟不景，很多人因種種原因需要隔離，被困斗室，每天被感染個案、死亡人數等弄得神經緊張，人心惶惶。久而久之，一些心理病、情緒病也因而出現，身體也跟着病痛纏身。在種種壓力之下，我們必需尋找釋放壓力的方法，就此而言，再莫好過寄情於藝術。古人言「依於仁，游於藝」，藝術猶如一個無盡的暖洋，不論貧富，一任世人徜徉，滋養內涵，讓精神得到休養生息。藝術不全是嚴肅的，只要能領悟其中竅門，輕鬆如烹飪、品茗也是門深邃的藝術。在煮泉品茗之間，不知不覺的忘卻煩惱，把壓力釋放，身心自然舒展。

閱讀 Ginson 的新作，得知她沉浸在廚藝之中，每天揉捏蒸焗，製作糕餅，不亦樂乎。除了自己樂在其中，還與人分享精美成果，將快樂傳遞給別人，一舉兩得。佛說世人有「五毒七苦」：貪瞋癡慢疑是「五毒」；生老病死愛惡欲是「七苦」。生老病死是人生必經的過程，無法避免，但由五毒七苦所帶來的負面情思，卻可以通過開悟，擴大心量，將負能量轉變為正能量。苦毒無大小，執迷不悟，反而日積月累，荼毒的不是別人，而是自身。佛是「覺者」的意思，祂教導世人覺悟，脫離苦海，開導世人說「境由心生」，開悟是學禪的第一步。但禪不只是「坐」出來的，生活中其實禪機處處，行住坐臥，都是修行。除了「坐禪」，更可以「行」出來、甚至「揑」出來、「喝」出來。一碗茶、一棵樹，以自然為師，生活中每個片段，都可以領悟人生大道、佛法真諦，端看你是否可以放下自在。一念天堂，一念地獄。

人世無常不分中外，幸運的是我們老祖宗在很早以前，就給子孫後代留下了「解毒劑」。中國文化中以儒釋道三家為大宗，留下了無數經典，字字珠璣，可惜古代文言經典對現代人來說較難理解。

但是有心人如Ginson，將經典深入淺出，把它們融入生活，以現代都市人的筆觸，演繹現代人的情感，讓人感同身受，便更易令人開悟了。

古人說人生有「三不朽」，在「立德、立言、立功」。立德以德行為世人立下榜樣，為後世追崇，是一不朽；著書立說，成一派之言，為後世學子追隨，是二不朽；為民造福，存亡續絕，為生民開創未來之路，是三不朽。成就自己功德之餘，同時回饋社會，以一點燭光，彼此相互照亮生命，令幸福之輪，不斷前進，在此而言，也可算是一分不朽的功業了。

楊孫西博士
GBM, GBS, SBS, JP

序二：化負為正，功德無量

相信大家都有看過 Ginson 以前的著作，也應該記得她在文中描述過去仍在職場工作時是如何的拼搏，如何的忘我。而我，便是她在職場生涯中最後一份工作那家公司的老闆！

仍記得時為二〇〇四年，公司正處於迅速擴展的階段，香港、台北和上海三地的業務同時發展。而 Ginson 作為公司一員猛將，需要經常穿梭於兩岸三地之間去支持當地團隊的組建和業務的發展。

然而某一天的下午，香港的同事急電身處上海的我報告說 Ginson 在公司上班時突然暈倒，現在她需回家休息，然後會作更全面的身體檢查看看身體哪處出了毛病。

說實話，當時我完全沒有想像過原來當時令 Ginson 在公司暈倒的病因是如此的嚴重，只以為是她舟車勞頓工作過勞，休息幾天便又可以重新作戰！

後來檢查報告出來的結果和隨着 Ginson 生活所發生的一切變化，也不需要我重複了。

一轉眼，從第一本《不藥而治》到這本《轉念一笑》，Ginson 已經出第六本書了。

每次看她寫的新書，我都有幾種感覺：第一，她對生命的熱愛和對人間的大愛，與日俱

增。透過每篇生活小品文章，去分享更多個人的生活體驗，讓讀者「去感受」、「去享受」生命；第二，Ginson 對駕馭文字的技巧一直持續進步，讀起來更清新，文章內容和故事也更豐富；第三，生活體驗當然也有分開心和不開心的。但 Ginson 這種經驗式的分享方式，比起說教式的方式更能打動讀者。而更重要的是能讓讀者看到 Ginson 在面對不好或不開心的事情時，她總能化負能量為正能量而從中有所得，有頓悟。

另外我個人有些奇特的經驗，就是我有好幾次看她的文章時，突然讓我聯想起《心經》內的一些經文，令這些經文的內容忽然融入了日常塵世生活中。讓「五蘊皆空」更容易讓人理解與感受。讓「無罣礙故，無有恐怖」更能安定人心，果真是天下大道，殊途同歸！

《轉念一笑》內大部份文章是寫於新冠疫情肆虐全球期間，正值人心浮動，負能量充斥的時間，而 Ginson 在這段時間不單沒有自怨自艾而更繼續不斷學習與嘗試，讓「周身刀」又多了「烘焙」和「大笑瑜伽」等旁身，可見凡事都有好的一面，一切都是最好的安排！

生命無常，活在當下，Ginson 的書都能從渡我中渡人，功德無量！

黃有權
上海市香港商會會長
香港特別行政區選舉委員會委員

序三：親身體驗，領悟真理

我在出家前已經常常強調，「每個困難和逆境，都是我們學習和進步的機會」，過去這三年全世界都被疫情影響，不少人叫苦連天，但在我個人來說，仍然可以找出利多於弊之處。原來我這樣的觀點與好友 Ginson 竟是不謀而合，她更把這段期間生活上的體驗寫作成書，來跟大家分享。

Ginson 形容自己「從早忙到晚、從屋頭奔至屋尾，一雙手沒閒過的於各項工具中『車輪轉』，一天的時間表雖排得密麻麻，但只要把手頭每一工作，專注當下、心無旁騖地投入當中，任何乏味事項盡變得相當『神聖』！這箇中的『忘我』與『跳脫時空』之感叫人滿足，心頭那種豐盈踏實，才真切體會到『縱然足不出戶，亦能時刻置身天堂！』」

雖然她有說：「我的天堂，與任何宗教宗派無關」，但佛法就是講出宇宙大自然的運作定律，只是把事實「如是」的呈現，並不限於只是一個宗教，或者一種哲學。在書中她說：「迷時一無所有，悟時一無所缺；從『迷』到『悟』，關鍵在『轉念』。」文中經常看到她對父親的懷念，還處處顯出佛法的智慧。

Ginson 的父親是廚藝高手，她利用這三年的機會不斷鑽研烹飪技術，感覺「心靈深處像與

爸重新連線，每每專注在煮，直像與爸同在！而於我而言，更重要的是，爸……從沒離我！」

《心經》用「是諸法空相，不生不滅，不垢不淨，不增不減」來形容宇宙萬事萬物。由此可見，Ginson也體會到自己的父親並無生滅，只是轉化而已。

為甚麼她要在經歷這三年被困不能出門的日子，才發現原來自己的家已經是天堂呢？在此跟大家分享一個經典記載的禪宗故事：

石頭希遷十多歲便當了六祖惠能的徒弟，不久六祖便要圓寂了，他在師父圓寂前問：「師父百年以後，弟子要依靠誰呢？」六祖告訴他：「尋思去！」

希遷把「尋思」誤為「用心思量去」，就天天沉思參禪，後來一位師兄告訴他：「師父告訴你『尋思去』，是要你去青原山找你的師兄行思禪師。」

希遷聽後便立刻動身，見到行思禪師時，禪師問他：「你從哪裏來？」

希遷回答道：「我從曹溪來！」意思是說我從師父六祖那裏來的。

行思禪師又問道：「你得到甚麼來？」

「未到曹溪也未失！」意思是未去以前，我的佛性本具，沒有失去甚麼，又那有甚麼可得呢？

「既然沒有失去甚麼，當初又何必去曹溪呢？」

希遷回答：「假如沒有到過曹溪學習，就不知道自己從來沒有失去了。」

結果石頭希遷在他師兄青原行思禪師座下開悟，成為一代宗師。

原來生命中的很多事情，都必須經過親身體驗，才能明白箇中真正的道理。

常霖法師

序四：學懂轉念，世界美妙

每個人都在找尋心中美好的世界~天堂，盼望能過上幸福快樂的生活。方法千百萬種，目標卻都一樣。只是絕大多數人，就如同十年前的Ginson，上山下海，國內國外到處找尋。本以為找到了，但隔一段期間後又覺不是。如此努力、奮鬥、拼命工作，修行、找尋，忙碌一輩子，內心還是空虛、煩惱、不安，因為仍沒找到心目中理想的天堂。這就是一般人忙碌一生，最後發現如同竹籃打水一場空。因為都用自我硬衝、硬拼、硬修。

老子智慧之言：「不出戶，知天下；不窺牖，見天道。其出彌遠，其知彌少。」孔子也說過：「道，不可須臾離也；可離，非道也。」、「道不遠人，人之為道而遠人，不可為道。」這些智慧之言都在告訴我們~理想的世界、幸福天堂不在外面，不必向外找尋。真正的美麗天堂就在遍一切處，說更具體一點：我們原本就生活在天堂裏。關鍵在於「有沒有覺醒過來發現這個實相」。這就是作者所要強調的核心「轉念」，改變我們的認知，改變我們的心態。

「從一無所有，來到一無所缺；從苦海來到天堂」，關鍵全在我們的心態、認知。說起來很簡單、很容易，但要真正做到卻很不容易。一般人是要經歷好幾世的修行或其生命要付出很慘痛代價後，才比較容易轉念。現在有個方便有效的捷徑……

Ginson 以她親身的經歷、成長、蛻變，分享了她如何化煩惱為菩提，化火燄為紅蓮。在疫情管控下，如何將宅房變天堂。這是要學到智慧，且能應用到日常生活中，才能分享出來。

本書以現實生活化的方式，道出轉念的竅妙與實例，可引用性很強。用心體會就易懂、易應用。

祝福大家早日學到轉念的活法

早日生活在幸福快樂的美妙世界

郭永進教授

高心靈協會理事長

前言

世界各國的人民，無論有否宗教信仰，大抵也同意人人心目中，皆同在追求「恆久的幸福快樂」！而不少宗教人士、修行學者，無不窮畢生精力在尋找天堂、淨土、極樂世界；名稱雖有異，但目的地同是這「幸福國度」。你我他，哪有例外？我更是明顯不過，幾近懂事以來，心底一直在尋覓。下意識不時縈繞着：今生今世若找不到天堂淨土，誓不甘休。於是不住往外跑，人生就是一場歷練嘛。我來地球村，就是要從林林總總的生活體驗來學習、成長，到最終找到……我的天堂、回到心靈的家，這才叫圓滿此生。

沒錯，如是這不停奔呀奔，企圖走遍地球村每一角落，跋山涉水、翻山越嶺、從一站闖到下一站，着實長了不少見識，而從箇中體悟漸感應到與我心中的「天堂」逐步拉近，心想不遠矣！來到某年，聽到老師一席話：「**你生生世世所要尋找的，就在眼前；你的天堂、淨土遍一切處都存在，知道嗎？**」登時如夢乍醒的我急問因由，老師慈悲曰：「若問天堂在哪裏？就如同海中的魚，不知身在大海而拚命到處尋覓『大海在哪？』我看你多年一直往外衝、上山下海的覓，情形跟這條『無明』小魚一樣呢！不過執迷的人兒，沒死命找過或沒經歷種種，是不甘心的。終有一天、因一些突變或你會大徹大悟！」

當年老師的教誨，烙印心田。但始終熱血的我仍愛東奔西走，慣性邁開步履到處覓天堂。好了，來到二〇二〇年，遊歷下給我誕生「尋找天堂」一書，傾力勾勒出一本天堂手冊，藉此助人自助。好玩的是，新書甫面世，全球竟一夜間換上另一調子，各地像在攜手上演一幕惡作劇：飛機停航，人人閉家中，不是一個月、半年，而是兩三年或以上；哼，看你這隻停不下來的瘋鳥，還能飛往哪尋找天堂?!

頓感納悶的我，片刻渾沌，不知所措。幸心頭及時響起老師的叮嚀語：「你是大海中的魚，還需奮力到處找大海？醒來吧、只需睜開眼，即能看到你原來一直安穩於天堂內。」真的嗎？怎麼可能？明明眼前只四堵牆，這就是我的天堂？太扯了吧！奇怪是，未幾傳來另一回響：「玄妙的因緣匯聚，無非要你真正停下來、靜下來、慢下來；這才讓你逐步看清萬事萬物的本來面目，並漸漸領你回家。」……

晃眼三年如煙逝，我這「無明」小魚，的確乖乖安於四堵牆內開拓人生。小魚漸次醒來，赫然發現老師所言真實不虛。宅家這三年，收穫完全不亞於逛盡全世界！小魚夢醒之喜悅，怎按得住？一定要盡己任公告天下：**縱然足不出戶，亦能時刻置身天堂！而更關鍵的是提醒坊眾：一切真的「不假外求」**。

嗯，補充一下：我的天堂，與任何宗教宗派無關，非一固定實體，此乃心靈之家。就以我這三年為例，概括而言，我的天堂定格在：虛心學習中、麵粉裏、壓力鍋中、發豆芽時、自家理髮中、研製手工皂時、義賣叉燒包、激勵病友時、炮製月餅中、超越恐懼時、大笑瑜伽中、淨心烘焙班內、突破習性時、正念卡開發、無我服務中、由衷感恩裏、轉轉轉念中……竟有點數之不盡。當然，天堂沒標準尺碼，不是硬套甚麼公式範本，我這裏分享的種種，盡是心靈層面的體會。雖驟看我那平凡不過的日常，像是椿椿尋常事，但只要細味反芻，不難窺見些重要索引與特徵。期許你能靜心品嚐，從而有所啟迪。望借小小閱歷以助大家確立清晰路向與標竿，並早日回到夢寐以求的天堂。

附註：一如過往，會預留部份新書贈予大專院校及慈善機構，而本書收益將捐贈「高心靈協會」。感恩一路走來有大家的關愛與支持，心靈滿滿的我只管盡心回饋，讓我們齊來行善積福，恩澤連連！

心靈的家，安住於當下，「當下即是」。

封城、宅家又如何？

自二〇二〇年初至二〇二二年中，我身處的加國多倫多，封城開城再封城，已數不清政令改過多少遍。而每回封城或開城，均夾雜不同變化。間中可群聚，於是我便爭取時機開辦瑜伽課。可沒多久，又變回全面禁止外出，除到超市入貨或蹓狗，民眾一律不得離開住處。（當時茫然的我多想借鄰人狗狗一用，以便能出外逛逛！）如是這，我的瑜伽課斷斷續續的橫跨兩年多才完成。稍作盤算，兩年中約百分之八十的時間，我確確實實宅家中。如今回望，連自己也覺匪夷所思。一個生來便愛四處跑的浪人，忽被關起來，你說能適應……才怪！

開始時持續質疑：「世界真的就這停了嗎？」但漸漸宏觀天地間，心頭閃過一道光。沒錯，花店關了，但大自然的鮮花還不是照樣懶理一切在吐艷？抬頭看不到飛機，沒錯，但大雁小鳥還不是在空中暢快翱翔？外境突起變化，難道我就這擱在原地丟棄生命？窗外樹丫奮力健壯長高、庭園中松鼠兔子玩得不亦樂乎，於牠們而言，每一個當下還是存活得無比瀟灑與欣喜，難道就只有牠們的世界沒受干擾？我，這人類界別同屬動物科、還堪稱甚麼「靈長類」、萬物之靈，何解面對如斯變遷，我就一籌莫展！這一切究竟在揭示甚麼？

思路漸釐清，我遂堅定對自己訓話：「世情政局非我可左右，還在這角力埋怨毫不濟事，

「心淨」，不管到哪裏，哪裏都是天堂、淨土！

省下力氣做我該做的，才叫實際！**地球仍分秒在轉動、在創造更新，我同樣可以呀！**身體雖擱在固定地，可鮮活的心是自由的。天生我才必有用，時刻與天地連線，自能有所啟發與被好好使用，前期生命如是這，如今哪有例外？打開『心』，讓自己化成『光』。封城又如何？我要不斷進步成長、活出具意義的精彩每天！」

猶記得，當時傻呼呼的瞪看自己一雙手，再來自言自語：「喔，小手呀小手，除了寫作，你還能做甚麼？外頭風雨飄搖，一定要另覓出口，在家打造另一片屬於自己的天地！」

一念轉，生命旋即奔赴另一扇門……

平常「日常」中誤進「天堂」

時光荏苒，回顧這三年，隨便翻開日誌看看，躲屋內竟可天天忙得不可開交。大致的實況記錄如下：從清晨起來吃過豐盛早餐，便開始準備烘焙某款心儀麵包，於餳麵發酵過程中，做每天例行的瑜伽／爬樓梯來鍛煉好體魄。中段見麵粉到了基本膨脹後，趕緊搓揉十來分鐘，待其進入下一個餳發過程，我又忙着備午飯。中段抽空作些電郵及信件的回覆。

心血來潮要撰些文稿，忙亂於筆記本上寫上一堆草字；噢，男友嚷說頭髮生成雜草叢，要求代為修葺。好的，只好放下鉛筆，拿好剪髮工具細意剪。剪到腰痠背痛，剛巧完工時，廚房久候的麵團又在咆哮，是時候再披回圍裙，捏弄出可愛包子送焗爐。中間找點空檔備下午茶，眨眼日落西山，即匆匆弄晚餐。見糕點小吃沒剩多少，麵粉再拿出，趕緊弄曲奇鬆餅蛋撻去。

另一邊廂，手機簡訊吱吱在響：遠方閨密要談心、哪誰需借我耳朵訴衷情、某病友需協助，幸糕點仍需時間醞釀，馬上善用中場罅隙來關心各地友好。哎呀，心頭一念飄過：翌日的「正念心意卡」還未備好，快點炮製呀！讀書會同學們的功課仍未閱畢及回饋，快快快，不要他人心急在等呵！某學院要求新一輯「能量操」，要快馬加鞭預備好。嗯，想起心靈未進補，網上教學視頻必不可缺。碰巧傳說即將開城，那就快速準備瑜伽課程，務必爭取機遇，能上多少堂便盡力教多少堂啦。

一天，就這匆匆掠過，真正安頓下來休息時才驚覺整個軀殼……累＋倦啦。若從半空鳥瞰這人從早忙到晚、從屋頭奔至屋尾，一雙手沒閒過的於各項工具中「車輪轉」，真夠奇趣！你或覺得人人皆有千百樣瑣事每天辦，沒甚稀奇。但我想分享的是，原來再沉悶死板的事務——即便是洗碗、掃地、淋花、搞衛生等……也可提供另類享受的機會。一天的時刻表雖排得密麻麻，但只要把手頭每一工作，專注當下在「明覺」進行、心無旁騖地投入當中，任何乏味事項盡變得相當「神聖」！全因心沒閒奔往「過去」或「未來」，只與跟前當下這動作「身心對焦」，這箇中的「忘我」與「跳脱時空」之感叫人滿足。身體的疲憊從不打緊，倒是心頭那種豐盈踏實，令我夜夜笑入眠。這亦是宅家三年中，給我最大的收穫。**就是這忘我投入的時刻分秒，教我盡感富生命力與寫意，是愉悦的愜意吧**。

生活，不必甚麼驚天動地的劇情，「平實日常」更能滲着暖和的厚重質感。人呀，活一輩子，還有啥追求？還不是倒下呼呼大睡之暢快和那種讓人「安枕入眠」之自在！某天，我竟竊竊自喜地笑出聲來，心底確認我家住處應易名為「天堂居」。放心，不是宅家迫瘋了我，而是真切體會到**「跟前當下已安住天堂中」**！

手到「心」到，明覺「當下」。
享受微細小事，樂在其中，當下此刻即「永恆」！

發掘內在潛能，
邂逅另一個自己

任何一件事情都是可以修行、可以見法、可以體悟的。「悟」，就是善巧地用「吾~我」的「心」去領受、去感悟。然而，慣常的我，從早到晚一張開眼睛，必是忙碌地東張西望，不斷往外飄移，鮮有真正慢下來、好好用心細意品味當下一切，於是橫衝直撞滾動成癖；從而錯失掉不少珍貴段落而不自知。

原來，簡單從每天「吃」當中，可以看到整個蘊涵的世界，而又從「吃」的多維角度，牽引出不少人生哲理、帶動絲絲的溫情暖意。不難窺見，箇中總滲着老爸的身影。屈指一算，老爸駕鶴西去已九年，而我每天奔廚房即能與爸共聚，多好。喔，就以此讀物獻給安坐雲端的爸爸。（他定笑不合攏！）

老爸不曾離去，只是以另一種形式存活我心，引領我常懷感恩、活好當下。若能時刻把爸的一切傳承分享開來，這不是對爸更好的正向紀念嗎？感應到與爸合一地在廚房幹活，爸的笑容在我臉、他的手藝我來傳，簡單一頓飯已別具深義。當偶然論及遠去親人，見不少摯友仍難以釋懷。嗯，或許內裏小故事可供借鏡，大家不妨試着好好……「悟」吧！

做鍾愛的事，不累

不久前看到一視頻，主人公是位日人上班族，他述說每天之「日常程式」是從清晨四時半起來做麵包開始。他分享道：「家人一直費解，清晨天未光即爬起身做包，有夠自虐嗎？」他卻滿心歡喜曰：「忘了從何時開始，晨起把麵粉弄一弄，待其發酵之際，我便善用這半句鐘來靜坐，之後做心儀麵包與早餐，接續九時上班去，天天如是！其實，只要做『鍾愛』的事，絕不覺累！」當下的我感動非常，不禁心生好奇：做手工麵包到底有何魔力？

來到特別的二〇二〇年，封城下常規生活漸受限制，但往往有「危」必有「機」，「山不轉河轉」嘛，善用這關家中契機來增值自己不是更好？於是腦內叮一聲響起：不能外出享早餐，何不動手弄麵包，同時亦可體會那日人的感受。於是二〇二〇年春季起，小妹便跳入手工包這嶄新領域。哈哈，滿以為自己對下廚蠻具天賦，孰料開始時與麵粉的初相識，則害我幾近崩潰！

與不同麵粉大戰多個回合後，好不容易才認清高、中、低筋麵粉的屬性與專長；但如何

「錫麵」至恰到好處又是另一考驗。結果，於N回不斷嘗試與調校下，總算勉強摸清門路。誠如不少包點師分享，每一麵包背後，皆蘊含不少學問。這回果真給我好好上了一課：切忌高估自己，知道自己存在太多「不知道」才是「真知道」呢！有時無論「理想」或「你想」，與現實比對開來，確差距極遠！時刻「虛心學習」便是了。

而另一重大啟悟：無論做過多少回、即使掌握到不錯技巧，但每回臨場實況盡是全新體驗，故馬虎不得、分心不成。當下的室內溫度、空氣濕度、器具的溫差、各原材料混合後所起的變化、搓揉麵團的時間與力道等等，無不對出爐物起極大的影響。當看着手工包進烤箱一刻，思緒亂飛；箇中盤根錯節的互動關係皆發揮微妙的協同效應，這一切還是離不開「因緣和合」之理，我這操作員漸洞悉到麵包背後要我參透之真諦！

當首個自家製麵包成功登場後，我更是一頭栽進造包的天地。從基礎的軟歐包到懷舊的港式提子包、菠蘿包及鍾愛的「十勝紅豆包」，每天盡心鑽研，也漸次體會其魔力。同是堆堆不起眼麵粉，卻可幻化出不同造型的包子；只要融入專注與心力，總教我嚐到另一層次的美味，這統共給我見證何謂「創造的力量」。

懂了，何解日男着迷造包？**全因找到專屬自己的一片天，讓心靈停泊於此，忘我地全情投入……時間停頓、世界靜止！**就這簡單事項足以活化你所有細胞、點燃你的生命。真的，只要是做「鍾愛」的事，絕不覺累！那麼，你找到屬於自己的……那片天嗎？

人生課堂隱匿「手工包」中

做「鍾愛事」，覓得點燃生命的火花，人自會「發光」；故我更積極鼓勵摯友多嘗試。好友提問：「怎知道此乃自己的鍾愛事？惟恐只是三分鐘熱度的玩意兒。」我笑曰：「但凡令身心受益、對地球沒污染，全然享受過程，且能看到自己從中成長與進步；這大抵便是了。攝影、編織、書法、陶藝等甚麼也可，那種與日俱增的『熱忱』是會讓你知道的。」

他們看我目光如炬，更見嚮往。我興奮道：「甚麼是欲罷不能、朝思暮想？沒誇張，每晚睡前已想好翌日試哪款包子，巴不得天早點亮，又可一頭埋進麵粉的世界。果腹必需品，每天皆有機會實踐與體驗；及如今網上教學一籮筐，從早到晚躲廚房便可時刻學習與進步，不是很好嗎？」大家和應着：「吃進肚子最實際，自家出品又味美的話，確是一大賣點。」

我遂強調：「凡事皆一體兩面，莫只看到亮麗處，箇中的失敗無數才是考驗呢。這統共助你確立此『鍾愛事』於心中的地位，絕非三分鐘熱度所能比擬。你看我那麵包美照，隻隻精緻可愛，但可知道，之前不知多少回……不是烤至黑炭頭便像營養不良般脹不大。上網學到的只供參考，而自家烤箱的脾氣、室內溫度、揉搓擀壓的熟練度全影響出爐物之成敗；故堅持着『永不放棄』的決心作不斷檢討及改進、勇於嘗試與突破才能摸索出自己的獨門秘方。故若非鍾愛事，哪會堅持？」

說實在，遇上手工包教我感激不盡。記得住台及東京時，日夜心癢癢惦着「十勝紅豆包」，如今懂造包，自然欲試這「心頭好」，趕緊上網學。嘩，原來要把粒粒結實紅豆幻化成紅豆餡，功夫可不少。但豈能稍遇難度即退縮，一定要試，怎能卻步？拍拍胸口，逐一步步用心跟着做：炒豆沙要火力溫柔，急不來，死命炒上三十分鐘準沒錯。唉，真沒半點耐性不成，來到豆沙餡變綿密細軟才叫大功造成。嗚～嗚，整條手臂痠得不屬自己的了！但到最後嚼一口自家製心血結晶，累多十倍，還甘願喊句：「我願意」！

回看造包過程，不正像你我的人生？一切從零開始，經不斷學習與試煉，無限潛能得以啟動。遇挫敗馬上汲取教訓、再接再厲；遇困難，激勵自己堅毅迎戰。熬過艱辛歷程必換來豐碩果實，**一分耕耘、一分收穫，製包做人皆如是！**而說回普遍造包時麵團的「排氣」：首回徹底排氣是為了讓所有氣泡「歸零」，然後重新再發，好讓最終發酵出均勻細密的小氣泡，以形成麵包皮最後富彈性且鬆軟的結構。故要得出靚包子，「排氣」這步驟至為關鍵。哈哈，**歸零、重新出發……**我時刻需要呢！如是看，我的人生課堂，原來隱匿「手工包」中！

「蒸籠」惹的禍

自從生活中添了造手工麵包這一環，每天睜眼盡在廚房裏幹活。陸續拓展開來，每天均上傳新產品予各方摯友欣賞。大家漸緊張開來：「你沒事嗎？會否過了頭？」幸得親們提醒，立馬加強反觀力道；鍾情下廚的我一直愛鑽研美食，但那種忘我的瘋狂程度着實有點「耐人尋味」。你說我嘴饞，不盡是；更多的像是某種內心的羈絆。嗯，回看近日製成品該能給點線索吧，靜慮後竟笑出聲來。原來一切離不開那……「蒸籠」！

倒帶重看過往一週的新作：燒賣、花卷、叉燒包、壽桃、鷄包仔、菜肉包、馬拉糕，我瘋了般每天與蒸籠為伍，何以故？哈哈，真莫看輕兒時的某畫面，其影響竟可如此深邃。讓我先來細說前塵：年輕時獨個離家往外闖，只能過時過節回家吃頓飯。當時的我雄心勃勃，日夜為工作打拚，每每與家人相聚時的閒話家常總不上心，唯獨爸弄滿一桌的美食卻牢牢烙印心田。

印象最深的是那個畫面：某天回家吃便飯，瞥見飯桌中央預留一位置，接續滿頭大汗的爸逐小心翼翼地端上一蒸籠。當籠罩一開，熱騰騰煙霧散盡後，顆顆亮晶晶「蝦餃」迅速跟我揮手。哇，萬料不及那早市茶居的皇牌竟立於平民百姓家，衝去嚼一口晶瑩剔透的蝦餃，登時害我有哭出來的激動；奈不住自言自語：「爸，有你真好！」甜在心的爸只重複說：「喜歡就吃多些呵！」吃得眉開眼笑的我眼角一直緊盯着蒸籠，我清楚這畫面將鑲嵌於我永恆記憶中。

鏡頭兜一圈回到跟前張張的蒸籠出品，哼！早暗藏於潛意識的源頭最懂待至良機冒出來，難怪廢寢忘食地鑽研蒸這個烹那個，說穿了：還不是對家的思念、對爸那手精湛廚藝的嚮往。剛移民加國時，每逢中秋佳節看到華人超市囤積的月餅，總感慼然。爸敲着月餅模具脫模的情景不住掠過心頭，試問哪個遊子不想家？一回收到摯友越洋快遞送來的手工月餅，邊嚼邊淚下，感動不已！

說回那蒸籠事件，爸曾剖析：「蝦餃要出色，最要緊是有好的澄麵、新鮮靚蝦與冬筍。」這便是何解我那蒸籠日記簿內獨欠此主角。身處所在地找不到極佳原材料，就得學會接受，犯不着作無謂挑戰，保留美好回憶更見明智。故退而求其次，蝦餃之好友：「燒賣」即順利登場。接續的馬拉糕、叉燒包至壽桃也是爸的拿手好戲，現我能一一仿傚之，倍感寬心。

一隻蒸籠串連起昔日情懷，心靈深處像與爸重新連線，提醒我要對生命抱持熱忱與追求；這獨特感覺更教我天天精進向上。家，沒必要鎖定於某地某處，可隨時顯現於蝦餃燒賣及月餅中。全多得這隻蒸籠給我確定：**「家」不在遠方、此乃……心之所在！**

一個有過去的人

多年前結識悅兒，總覺她江湖味特濃，卻善良可愛，以時髦精靈來形容她便準沒錯。猶記得，某天她到我家作客，甫進門即劈哩拍啦怪叫：「路旁大樹倒了，迫我改走不少路段，拐來拐去，厭煩透頂！」我笑曰：「慢慢說，加國以慢見稱，你說太快我怕消化不來！」悅兒遂意識到我向來動作與反應俱與烏龜看齊，她漸開竅：「沒錯，沒甚麼需趕急，真要『慢下來』，才更從容自在！」

我邊笑邊烘餅乾煮咖啡，享用過下午茶，悅兒放鬆多了，我倆遂天南地北無所不談。可當聊及香港時，她忽爾悲從中來，以黯淡眼神瞪虛空後幽幽道：「我是一個有『過去』的人……」哼！又不是七老八十，好端端卻「老氣橫秋」，我冷眼一瞄、拋下一句：「甚麼『過去』？殺了人抑或坐過牢？」她登時語塞，接不上話。真的，走上大街任意一問，哪誰沒辛酸往事、沉重過去？但不少人卻愛把自己標籤為最悲慘、最可憐的受害者，何苦呢？

看悅兒頹然沮喪，我忙安慰：「再吃口餅乾，慢慢說。」「非宰了人或坐牢那麼嚴重，只是遇人不淑、投資失利，六年前離婚後移民加國，一切得從零開始。」她以慢速說畢每字後，紅了眼眶。唉，明顯仍未從情傷中康復過來。事實上，不少人放不下過去，常慣性擴大悲憤而作繭自縛。「人人皆有或多或少的傷痛過去，受苦看似是一種磨難、打擊或損失，但若沒挫敗，怎能淬煉出生命的強韌與毅力？苦難其實是助你領悟、成長與創造的酵母。然而，比擬過去有多悽慘則沒甚裨益，**倒應從中學習與進化成『更好』的自己，那過往所經受的種種苦才沒叫『白吃』啦。**」見我用心開導，悅兒似明非明，吞吐曰：「但我總難以忘卻、揮不掉這傷痛！」我笑曰：「那就不用忘呵。」

悅兒奇怪：「不是要放下、要忘掉嗎？」「你越想忘偏牢記更深，對嗎？放不下，便作B計劃，任何難堪『過去』無疑也是生命一部份，沒能忘懷便將之轉化為『墊腳石』，助我們提升上來迎向光明前景。嗯，就正如吃剩餅乾，可將之全敲碎再堆壓成蛋糕底餅，加以其他材料即可搖身一變成芝士蛋糕，這不是更好嗎？」悅兒終有所悟：「把剩餅變蛋糕……即『剩女』可變『公主』？妙哉！」我遂鼓勵：**「不要把自己鎖在過去，推門走出來，就這麼簡單，外頭精彩世界等着你呢！」**

前陣子收到悅兒傳我簡訊，說近日心情大樂並特意感謝我，我聽得糊裏糊塗，她靦覥說：「我找到芝士蛋糕……即變回『公主』啦！」呆半天，我才醒過來。多好，由衷祝願有「過去」的悅兒，珍惜眼前的「芝士蛋糕」，一同邁向更美好的明天！

路是「向前走」的，勿擱在「過去」！

「壓力鍋」的啟示

不同時代，大抵有着不同的「壓力」，但你我他對壓力會有不同定義嗎？而壓力又從何而來，該如何面對？最近一閨密常苦喊：「月底臨近，手頭案子仍沒把握能如期達標，迫得我神經兮兮。多回半夜乍醒，恐懼襲上心，頭皮發麻，只感胸口有大石重壓着透不過氣般，原來工作壓力，真會壓死人的！」我莞爾：「沒那誇張吧，你還好端端的。」另一邊廂，阿姨令我幫其愛兒覓工作：「你看城中有否輕鬆工種可介紹，給初出茅廬的他試試吧，盡量沒壓力便好，免嚇怕年青人呢！」現今世代，無論是資深上班族，抑或新手上路，皆對「壓力」二字不懷好感。

當多加留意「壓力」這東西後，一天巧遇八旬婆婆，我打趣問：「伯有，你們這年代，扶老攜幼的從內地到香港，逐再移居加國，壓力大嗎？」婆婆咧嘴笑曰：「哪來空閒想甚麼壓力不壓力，帶着奶奶，手抱稚女，食住行各項迫着你要盡快適應新環境，怨東怨西或怪甚麼壓力濟事嗎？咬牙每天拼實際多啦！」是的，想想目不識丁的婆婆，當年隻身赴陌生國度生活，怎會是易事？可她還不是赤手空拳地把一家上下照顧得妥當非常，「壓力」二字，像從未出沒於婆婆的世界中。

誠如一前輩曾分享：「諸多的心理情緒，往往是自己添加進去的，如寂寥、孤單、壓力、抑鬱、恐懼、焦慮、委屈等等，多是自我意識下構想出來的。他覺得服兵役有壓力、她會說生子有壓力、他則對結婚感受壓；但那邊廂同樣有一窩民眾，喜孜孜地去當兵、生子與結婚，何故他們沒感壓力呢？事件本身純屬中性，取決於個人的『着眼點』；**若你看待事情的觀點與角度，能適時地調一調與轉念，那麼壓力亦可變成正向之『動力』來。**」

口拙詞窮的我一時不懂怎開導摯友們，心想煮頓美食會友，望可令眾人暫忘憂。但不知恁地，那天竟不自覺地大讚我那新武器「壓力鍋」，我持續表揚：「上月學會了用這時款壓力鍋，超棒呢！以往煮燉飯，站於爐頭個多小時忙攪拌加水，也難確保煮得到位；如今不出十數分鐘，便能保證燉飯色香味全。而最費時的紅豆沙及粥品，皆能省時便捷地弄好，此壓力鍋簡直是人類的偉大發明。」摯友好奇：「原理何在？」我鏗鏘曰：「在鍋內鎖牢一股壓力在不斷起作用，**因有壓力才更高效**，故於極速下能炮製出款款中西料理，說到底還不就是

『壓力』嘛！」

嗯，對了……壓力，一定是負面的嗎？能善用，無不力證「壓力成動力」，原來那默默待在廚房的「壓力鍋」，最懂適時來助我「現身說法」。

「揮春」何故要「過膠」？

隨着新一年到來，家家戶戶皆愛於門楣上貼個大紅「福」字，有些愛倒過來貼，寓意「福到」，迎春接福，喜氣盈盈。故一踏入新年，除了當真的在家門貼牢大大個福字外，藉手機互傳吉祥祝福語給親朋好友，算是開年一大要事。接收多了市場上的賀年動畫與對聯，眼球不勝負荷，心想：不如來一趟「返璞歸真」，簡單對牢家中貼得穩當的大紅福字，拍下一照，快速傳予親們，敬祝大家喜迎福，老實不過呢！

信息傳予摯友後，回響不絕，原來大家更欣喜接收到這「手寫版本」，大家遂好奇此氣勢非凡的筆觸出自何方高人。我莞爾：「此乃家父墨寶，失敬。」話音剛落，眼尖朋友追問：「世伯原來是書法高手，但何解揮春會『過膠』呢？算是江湖上罕見的呵！」喔，若非忽被問及，也差點忘了老爸的諄諄教化。我又得說故事了……

因年少離家，我與老爸關係算不上親暱，恭敬客氣交流的居多。當時稚嫩的我，只懂為生活鑽營，過時過節回家吃飯總匆匆忙忙，哪有跟爸聊天的心力。可爸還是一副體恤慈愛的面容，不溫不火，從沒多餘的嘮叨，只管用心弄上一桌佳餚，靜候我的大駕光臨。愛下廚的爸，最愛花心思研製美食，嘴饞的我漸與爸多了溝通話題：就是這道菜怎弄、那極品怎烹。每回撐脹肚皮離家時，爸定塞我超大盒便當，像是翌日會饑荒沒得吃般。爸，從不多言，卻總能於生活小節中，給我感到絲絲溫暖。

說回揮春這事宜，爸更可愛。他知我閨密眾多，每年臨近歲晚，必寫下款款吉祥語給我豪情贈友。一年更發展至「有求必應」，看我好友要甚麼他便寫甚麼，寫最多的是：「財源滾滾」、「龍馬精神」、「青春常駐」、「身壯力健」；好友漸亂來下單，甚麼「佳偶天成」、「美若天仙」、「減肥成功」、「嫁入豪門」、「一索得男」……爸照單全收、邊笑邊寫。他的專業服務精神，逗得摯友們高興不已。年復年，爸仍樂此不疲為我備好一疊紅紙派街坊。逐後無論我身在哪，每年例必奔回家取爸的手寫揮春。而自某年起驚見爸將一些「福」字「過膠」，我大惑不解。爸曰：「總有一天你會知道……有些東西不是慣性常在的！」當時的我，只唯唯諾諾。

如今，再看向這過膠大福，會心微笑。幸有老爸這遠見與睿智，爸駕返瑤池已有九年光景，可這「福」字伴我長存。回頭細味，豈光只「過膠」那麼簡單，爸教懂我：**愛，是從心出發，默默於生活小事中傳遞與體悟**。感恩這「福」一直常在，提醒我要格外惜福，而別具意義的是：仿傚爸……潤物無聲地傳「愛」萬家、送「福」處處！

手工皂 VS 心心年糕

一年之計在於春，迎來新的二〇二二年，做甚麼可為自己帶來新走向？男友看我對牢窗外晴空在發呆，清楚沒多久，我這「逆轉常規生活鍵」將快速起動，他已習慣聽候我的新指引。「愛護地球，必先從自己出發，哪怕再微細的起居生活，先來革新好了。瓶瓶膠樽沐浴露、洗手洗碗液，放掉吧！上半年改用的環保酵素不是很好嗎？如今是時候自家炮製手工皂吧。」我一口氣吐畢新想法，男友駐足良久，見他略皺眉，最後還是爽快和議：「用了沐浴露大半輩子，覺蠻方便；一下子改用硬繃繃手工皂，惟恐對肌膚不太友好。但你說得對，我們連這丁點習慣也不甘願作改變，還說甚麼愛地球？好的，你研發吧，我通力支持。」

哈哈，就這我又埋頭於網上拚命學，新年給我倆的迎春大禮便是香香手工皂。為加許男友樂於突破舊有習性，我刻意挑選「心心模具」來作吸睛產物。而秋冬前從後園收割存起的薰衣草乾花正閒着，再加上一大碗咖啡渣，這些統共可循環再用。地球沒有廢棄物，真的，全拿來併合成我的自家製手工皂，絕妙！當首件「咖啡薰衣草手工皂」從心心模跳出時，男友搶先發言：「嘩，香香心心皂，沒想到我那咖啡渣還可盡展生命意義，溶入到下一產物中來給我洗白白，能廢物善用及愛護地球，感覺多好！」他從此竟熱愛洗澡，無他的，咖啡渣能活用至磨皮去角質層，用後倍感肌膚滑滑。而能把咖啡生命發揮極至，真是意外收穫；且借此突破固有習性，更令他喜上心頭。

馬達手弄好幾款手工皂，教我心花怒放。但隨即見模具擱一旁，有點投閒置散；心底不禁提問：「怎再發揮其生命意義？」瞪眼遼闊天際，雲兒盡展千變萬化之本色，**大自然活靈活現的創造力時刻予以啟發**。每當心靈與之連線，靈感頃刻如泉湧，心底即閃出另類創作：心心年糕來應節！哇，從沒弄過港式賀年糕點，我行嗎？行！世上沒難事嘛，還是速找來網上啞老師，虛心學習再專注炮製必事成。果真，當閃亮心心年糕登場，眾摯友嘩然，以為我是天才創意廚神，還真拜手工皂所賜。

當「吃」這一環掀開後，思潮難停。接續，年糕的親朋戚友：牛油鷄蛋糕、蛋塔、咖啡芝士餅、葡撻，至破格的「心心蘿蔔糕」即順勢登場，看得坊眾目瞪口呆。一浪接一浪的讓模具沒閒着，我更樂透。能將一物盡情善用，太划算吧！嗯，那我自己呢？人生不同階段皆充當不同的角色，原來還蘊藏着不少可發掘空間，靜待我們來開拓；**不要劃地自限，時刻跟天地連線，敞開心扉，自能啟動無限靈感與創意**；誠如我這心心模具，天天繽紛多姿地活好「精彩一生」。

感恩「咬床單」一幕

你可曾留意都市人吃飯極「神速」？多邊滑手機邊「三扒兩撥」完事。而我呢，堅信食物內含各種能量，需經身體認同地接收，才能發揮極佳轉化以提供我所需熱能，故每頓飯我必凝神貫注且感恩地吃！好友「肥強」揶揄：「誰不是一心多用？時興高效，惟獨你愛慢嚥細嚐，落後啦你。」老實説，每回與肥強共餐，總叫我氣結。懶理我多花心思端上至佳菜餚，他總囫圇吞棗消滅掉。曾吼他：「剛才你把甚麼拉進嘴巴？」一聽我質問，他走神雙目勉強歸位，出竅元神拚命左思右想，最終扮鬼臉回話：「就是好味的東西！」唉，世上珍品或粗茶淡飯，於這沒心肺軀殼，絕沒兩樣。

我坦言：「或許我確落伍，但每口飯彌足珍貴，應用心品嚐。嗯，新世代沒經受戰亂捱餓是難以理解的，幸兒時體弱的我卻有類近體悟。」見我準備鋪陳往事，他拉長耳背恭候。「兒時記憶寥寥可數，殘留腦內的竟是幕幕住醫院情景。一回全身忽然冒出密麻麻疹子，連日高燒不退。脹痛腦袋只記得在嘈雜急症室內感四肢冰冷，下一秒即移至死寂房間，日夜昏睡，醒來時只覺餓與累。」肥強緊張問：「是甚麼病？」我笑言：「做盡檢測也不明就裏，而最難耐的是要『禁食』，每天只癱床上瞪高掛鹽水樽發白日夢。開初還懂強裝鎮定，可每當嗅到鄰近飯香撲鼻，我越發抓狂。要知道，小孩子情感單純，半哭的我不住嚷叫……何解不許我吃？護士安撫曰：你乖，再過兩天應解禁，到時給你大餐！」

肥強和議：「小時候遲半點吃也暴跳如雷，結果你捱了多久？」「不知熬了多少個兩天，沮喪的我漸不再問，因連怪叫也沒力氣，只管半夢半醒地苦撐。惟記得某天媽來探望，猛然把我搖醒，因我正在……緊、咬、床、單死命啃，原來我正造夢嚼美食以自我滿足呢！被驚醒後我默默看牢淚目雙親，遂看向冷漠鹽水樽，惟望早日與之道別。」

「真的，越苦候多時，到來此刻越見神聖！解禁當天，遙看爸攜大鑊魚粥進門，我雙目放光，他盛粥進碗，我心跳加劇；當第一口熱粥貼近唇沿，心已飛躍半空，甜美香粥滑下喉頭，登時淚珠潸潸滾下。世上竟有如此極品？接下來的二口、三口，我專注細嚥，每一吞嚼動作皆『合上眼』品嚐，惟恐太急趕會錯失掉純美當下。大概爸媽未曾目睹小孩可吃得如斯的慢，大家還懂合拍地靜候在旁，而這頓餐自此遂永烙心坎。」

沒料此趟捱餓助我深切體會三餐之可貴，從此培養珍惜慢嚼之習慣。肥強漸有所悟：「**每天可享三餐實非必然，真要格外感恩！**多謝『咬床單』分享，懂了，誓痛改前非，要用心嚼好……每口飯！」

「心太軟」贈的啟悟

某天無意中聽到廚櫃一角的名牌巧克力正無病呻吟：「唉！我出身名門，怎說也是來自歷史悠久的瑞士家族，與超市大眾化品牌，怎得比？無奈主人太善忘，遲遲未享用，惟恐有效期將至！」立於名牌旁的「大眾化」反駁道：「唏，名牌大哥，雖你那包裝外衣七彩亮麗，說到底你我還不是由同樣原材料弄出來？組合成份與配方有異，但同根同源，人們吃進肚哪有分別？高低平貴之差異只出於人們的『分別心』，難道大哥你也被他們善長的『二元對立』弄至……以假當真？」

忽被無名小卒教訓一頓，名牌氣憤道：「你算老幾？當我出席高級酒店時，你還呆超市暗角呢！」大眾化搖頭曰：「一直在虛妄分別作用下，怎能安心自在？我沒包袱捆綁，向來瀟灑輕鬆，不知多愜意！」名牌忽地心底慨嘆：「瀟灑輕鬆？確是我一直渴望卻從未嚐過，真是被甚麼虛妄分別所困嗎？」

嗯，聽畢巧克力兄的心聲，我這奉命來備糕點宴客的豈敢耽誤，馬上着手炮製馳名的

「心太軟」。對呀，「名牌」將到期，應先拿來用。喔，還得併「大眾化」才夠做四人份甜點。拿好大盆子，準備把巧克力兄與其他原材料同擠入內。孰料名牌喊叫：「且慢，我這高級品牌怎能任意併其他劣等的，還要配甚麼東東……」看着快要哭的名牌，我速曰：「不用擔心，你們現冷冰冰、硬碰硬格格不入。掛砂糖上去，你也吸收不來。只因你冰冷久了才孤僻鬱悶，稍後先送你們進微波爐，不消一分鐘你們便暖呼呼的親上加親！放心，一切盡是好安排。」

名牌倍感徬徨：「不要、不要……」大眾化忙勸勉：「放鬆吧，既來之則安之，入內轉轉蠻好玩。」我隨即關上微波爐大門、按好時間鍵，大盆內硬綳綳的名牌與大眾化旋即融為一體，掏出時，可可味香氣四溢，再已找不到兩位大哥蹤影

了。可隱約仍聽到大眾化用心安慰名牌：「不是說你我本一體？當我倆為固體時，只堅硬一塊；但轉換至液態，你我變柔軟，即可與其他原材料如牛奶、棕糖、鷄蛋結合，最後搖身一變成為美味可口的甜點，這不是更能發揮大家的生命意義嗎？」名牌終學懂放下身段，雀躍說：「是呵，之前孤芳自賞總感冰冷乏味，如今與你們新朋友聚一起，溫暖多呵！原來柔軟下來更覺潛能無限！聽說『心太軟』是江湖上極有名氣的……」大眾化笑瘋：「能令主人吃得開心便好，哈哈，又來甚麼名氣？」

最後當品嚐「心太軟」時，靜慮巧克力兄贈我的啟悟：**虛妄分別、抗拒改變、柔軟下來發揮更大潛能、不一不異、不生不滅**；哇，越嚼越甜入心，要開悟？何需赴深山，來個自家製甜點即可（一笑）！

不用討愛的豆芽

每逢與閨密聊心事，十居其九皆離不開「討愛」這課題。兒時，我們習慣從父母家人或師長同學處討愛、長大後則轉移視線，把目標鎖定愛人處去討；續後便是兒女孫子等等……討愛變成暗地運行的例牌公式，討到或討不到，也會培養出變本加厲及患得患失之惡習。說得如斯細膩，全因過往的我就是「討愛」高手。

曾認識一阿姨，終日沉醉於情感遊戲，見證她從一雙手轉到另一雙手，可惜卻苦瓜臉過完一生。一婆婆早晚跟兒媳過不去，鬧至家無寧日；這些全拜錯誤的討愛方程式所賜。而我呢，從累積的生活經驗，意識到一味討愛盡是「無解」。漸看清這也怪不得誰，因討愛的對象，連他們自己對甚麼是「真愛」也糊裏糊塗，故怎能期盼我一直渴求的真愛能從他人處覓得？且即使討到些，當中亦附帶不少的條件交換與主宰成份。但當時高傲人兒就是死不甘心，我說我啦，非要碰到一鼻灰、一身傷也不情願回來反觀……可見我真的很蠢！

幸某天大德一席話把我喚醒：「天地有大愛，我們本自具足，只是我們的心一直僵硬封閉；打開心，自能感受大愛一直俱在。」當時直像醍醐灌頂：「喔，阿姨婆婆與我，原來一直走錯方向，真愛不在外頭，根本不用到處找，回來把心打開與天地連線便是了。」自此，我每天即歡天喜地躍起身，到處跟親們興沖沖說：「真的不用在外找『真愛』，天地滿大愛！你看，手指破損，不是天地能量給我修補嗎？陽光吻着肌膚一瞬，你感受不到這愛多溫柔嗎？只要打開心扉全然感受，心頭自覺甜甜的溢滿愛！」

大家似懂非懂，還是弄個實例來說明吧。靈機一動，取一把帶衣綠豆，泡一夜水，翌日開始這偉大工程：發豆芽。上網學曉只要注意「保濕、避光、透氣」這些細節，數天功夫便可收成白嫩豆芽了。於是每天勤灌水，來到第四天，驚見根根豆芽竟合力把蓋子撐起，登時「嘩」一聲脫口而出，不禁為茁壯小可愛拍掌歡呼！我的澆水與提供理想生長環境只是助緣，究竟是甚麼令豆芽每天長高、繽紛成長？是你我看不見的醍醐，即是天地中的能量、大愛呵！我們與豆芽同樣依仗這無形的「炁」，時刻在滋養生長，只是我們太習以為常而不會意。我們時刻被大愛包裹着、你我每分每秒皆沐浴於天地大愛中，只是慣性心封閉着、性子急，膨脹自我又把一切否定掉罷了！

四天的愛心灌溉，收穫一大盤豆芽，足證「天地有大愛」。火速把豆芽派街坊，大愛是要分享的，深信當大家嚼着美味自家養豆芽，更助開悟。謹記：**不用衝衝衝到處找愛，回到心上來，因我們……從來不缺、大愛一直俱在！**

你一直在尋找內在力量，其實他們一直都在；
只是你懷疑自己，以為沒有了。
當你回來與心連接，所有的力量都回來了。
你……就是力量！

生日蛋糕我來造

自從小妹與麵粉結下不解之緣後，每天奔廚房幹活頓成了我的頭號樂事。每每構思好要弄甚麼包點，我會先靜下心，把物料順序列好於跟前，逐細意打量一番。心想只要用心請各材料通力合作，我配以愛心攪拌，必成佳品。而看着各原材料的結合、不同組裝比例與捏弄方式，滲入空氣後所起的作用，總覺妙不可言！無論當天的成品是進烤箱或蒸籠，皆能體會**「空中生妙有、空中起妙用」**之理活生生藉包子呈現，何謂「法遍一切處」？懂了。

嗯，掌握到基本包子做法，生心一念：突破固有的包子模樣，來些變化更見可愛，於是三角、包袱、元寶；動物形態之兔子、植物型之楓葉陸續面世，玩半天奇趣造型，但內餡還不是一樣？中式包點或西式糕品，原材料同是那袋平白麵粉，麵團在手中任你搓圓按扁，喜歡捏成甚麼也可，像不像你我他？只是外表形相各異，「本質」盡相同，全是同根同源呢！麵粉教懂的事，數之不盡，就是這股無形吸引力時刻引領我不斷向前。

當累積相當經驗後，再來挑戰蛋糕界別。面對男友、契姊與摯友的生日臨近，只好加倍認真上網學。前輩分享：「要生日蛋糕做得出色，沒秘訣或速成術，惟工多藝熟。」沒錯，試問天下巧手誰不是練就出來，做足十個蛋糕以上自能胸有成竹。於是日夜精心鑽研焗蛋糕體、裱花、寫巧克力名牌等，為三月壽星們做足慶生安排。當我覺準備就緒，某天契姊一句關懷語，竟激起點點浪花。

「十分高興你為我們炮製生日蛋糕，但請放輕鬆，不要太緊張。」姊這一言令我不住反觀：我會緊張嗎？臨場製作會否如慣常般自如與享受？我會在意出爐物不如理想或不獲好評嗎？哈哈，連鎖的腦內搬演與諸多推敲來自哪？「自我小鬼」呢！嘩，道理聽一百回也不及歷緣對境之考驗來得實際。緊張兮兮、怕效果不如願、有攀比心、得失心……這統統無非建構於「自我意識」；若努力之方向是「淡化自我」，以上這不是最好着力點嗎？能及早照見到便好辦！

憶及大德教誨：**「你真的用『無我』的精神做事，苦海就會消失。」**嗯，當下頓明瞭：為大家備生日蛋糕，才是演練「無我」的實習良機，我還真要好好把握。結果來到「應考」當天，我全程只管專注於「當下」，跳脫出自我意識的頭腦思維；心與「空」相應，全程放鬆、手到心到，享受創作蛋糕的每一過程，自在如昔。當生日蛋糕立於跟前，心已在笑。美味與否？評價如何？原來早不掛罣，因創造當下已教我心「踏實富足」。看大家吃得笑逐顏開，誰知我心更樂，因箇中對「無我」之體悟才更見「無價」！

時空交會，只有「當下」此刻，
所能掌握的，也只有「當下」此刻！

家的味道

喜歡下廚，對我來說，絕非是與生俱來的嗜好，摯友更難想像昔日三餐方便麵的我，現竟日夜拚命煮煮煮。事實上，原來有些東西的確可慢慢培養出興致來。正如小時候見長者圍着幾株盆栽，剪剪弄弄又一天，總難明他們樂在哪？長大後才發覺，但凡找到能使你投放心力的點子，姑勿論是園藝、茶道或十字繡；只要能供你發揮無限創意、而從中領悟到「生活的藝術」，箇中之魔力足以吸引你奮力鑽研下去。這正好解釋為何我對廚藝越發興致勃勃，狂熱程度有增無減。

而另一要因，便是家父乃廚藝高手，自他去後，打從心底升起「延續」之動力，烹得一手好菜頓成最好的「紀念式」。每每專注在煮，直像與爸同在！拿起爸留下的碗筷廚具，沒半點睹物思人之哀愁，倒令我更能投入煮好每頓菜餚。當嚐着一口接一口的美食，爸的笑容泛心底，他的肺腑之言鏗鏘在耳：**「世上絕頂佳餚也敵不過『家的味道』！」**我懂，我當然懂。這一切更促使我熱衷於大宴良朋，藉此把爸的心意傳遞開來。

來到封城後某天政策放寬，限聚令為十人，大家終能聚首，馬上興沖沖為一摯友張羅賀壽活動。最後定案為一團人於當天打過高球後來寒舍聚餐。我竟自告奮勇：「讓我作全包宴，你們盡情玩，回來有美食恭候！」說時輕鬆，可定下來才懂膽戰心驚。試想想，多年來我的板斧只建基於二人餐，忽躍至七人份，會否沒把握？鎖眉時，男友安慰：「不就是簡單將份量倍數遞增嗎？」一聽便知沒半點下廚常識，算吧！自己先備好菜單，走着瞧好了。

憶及爸教導：「宴客菜餚要多元、色香味俱要緊。奪目吸睛、千里外香氣誘人才顯真功夫。」沒錯，但凡過節，爸那「九大簋」皆囊括蒸燉炆炒食材，蘊含紅黃白綠各色，光看看已垂涎三尺。今回正值炎夏，苦思老半天，拍案菜單如下：奶油芥末雞、洋食屋風馬鈴薯沙拉、黃金蝦炒飯、綠白雙蔬、青花瓷茶葉蛋。好了，定案後則不時於腦內模擬整個烹煮過程，務求能有條不紊地完工。

可來到實戰當天，最初還是手忙腳亂，廚房空調再大仍感背脊爬滿冷汗。唉，不是怕雞不嫩滑、就是怕飯炒不香。懊惱之際，忽像聽到爸開解：「唏，用心做的必屬優質！」哦，一下子想通，得老爸意念相助，聚精會神炒呀炒，最後端好整桌佳餚，一看確合乎「色香味」

基準。開動後人人齊聲稱讚，當聽到壽星美言：「雞好嫩呵。」我頓時笑出聲來，心想幸有老爸加持，我的首個七人宴終算順利過關！

是夜盡在歡笑喜樂中度過，能把「家的味道」為摯友慶生，深感榮幸！而於我而言，更重要的是，爸……從沒離我！

追夢、修行……盡在自家製「蛋黃蓮蓉月」中

一年容易又中秋，而於特別的封城年，每天的我盡與麵粉為伍。中秋臨近，計上心來，是否應挑戰心頭好：傳統月餅？曾與些烹飪高手閒聊，大家對自製月餅這回事無不搖搖頭：「工序繁瑣、費時失事；超市各款月餅任君選，犯不着弄得一頭煙。」雖被潑冷水，我還是蠢蠢欲試。深信多下苦功鑽研網上教學應萬無一失。為強化鬥志，開始日夜喃喃自語：「世上無難事，自古成功在嘗試；心念強大，自製月餅我可以！」

先說說我的宏願，何謂「手工月餅」？就是從月餅外皮、內層白蓮蓉至核心鹹蛋黃，全出於我手！故前期的準備功夫要先辦妥，因醃製鹹蛋需三週時間，故策動一齊之初便先醃好鹹蛋。待鹹蛋醞釀之際，我則網搜各月餅高手的視頻，看上N回後歸納出穩妥食譜與訣竅。而為安全起見，還是先以簡單的冰皮及近年蠻流行的「米月餅」來熟習一下。所謂熟能生巧嘛，當各類月餅操作上手時，自能信心滿滿地朝我的終極目標「蛋黃蓮蓉月」進發。

誰說修行定在禪堂中？光要把粒粒堅實蓮子，經「浸蒸磨炒」幻化成順滑軟綿的白蓮

蓉，就是我的「動中禪」。前輩們曾慨嘆：「當炒了二十分鐘的蓮蓉仍未見成團，你確會懷疑人生！」唉，來回翻動至手痠臂麻時，真叫我感同身受。但「懷疑人生」亦於事無補，不如調好心態，轉換成享受「明覺」用心炒。當體悟翻炒的能量漸令白蓮蓉成團，不正是因緣和合「質能互換」之理？妙哉！最後歷經半句鐘，清香白蓮蓉終煉成！來到裹鹹蛋黃於蓮蓉中，又要如水溫柔；續把整個球體以薄薄餅皮平均覆蓋，更要屏息靜氣、心急不來，否則一下子擠破餅皮則前功盡廢。而壓模時用上「柔的力量」才致力度剛剛好。接續月餅進出烤箱共三回，中途耐心待涼刷蛋液，「心」、「手」合一不能晃，否則出爐月餅的花紋易變模糊不清呢。

當最後叮一聲響起，從烤箱取出熱騰騰月餅，咀角已上翹。可仍需將之置室溫回油兩三天，見其表面油潤富光澤才算大功告成。於是每天也按不住掀開保鮮盒察看，心急程度跟候產房爸爸無異。哼，你應能想像：當耐心靜候至開封一刻、一口咬下「心血結晶」時……當下一瞬，眼角滲淚、激動感動得不能自拔！回頭細看，自製「蛋黃蓮蓉月」可算我生平絕不敢高攀的遐想。但心底總回響着：**「有夢就有想、有心就有力！只要勇於跨出第一步，心念**

強大，各善因善緣必匯聚來成其美事！」

合上眼，嚼着每口甜入心，這月餅豈止月餅那麼簡單？實現夢想之妙不可言……盡在自家製「蛋黃蓮蓉月」中！

富「生命」的生命麵包

孔子曰：「道也者，不可須臾離也，可離非道也。」我們的而且確片刻從沒離開過「道」；可一談論到「道」，大家又容易將之想得玄妙莫測。「道」，就是簡單不過的「大自然」，所有包圍着你我的空氣、陽光、流水、大地、清風等皆是呢。事實上，你我他哪不是從大自然而來？誰不依仗這些而活？究竟來看，一切皆離不開「能量」的轉移，萬事萬物時刻在流動變異，無非說明這鐵一般的真諦。誠如孔子這名言，我們從來就在這股能量、大愛中成長、從沒一刻離開過。

「質能互換、能量守恆」，此乃盤古初開以來的真理實相。只是我們心太粗，人太急趕；從一出生即只管衝衝衝、從沒一刻讓自己慢下來用心細味而已！嗯，怎辦好？倒覺應盡快提醒大家：回歸單純、善良；早日「返璞歸真」吧！從生活中學習，大概是最佳的體悟方法。就從自家製的「生命」麵包說起……

一談到生命麵包，相信大家毫不陌生，你我大多每朝啃過生命麵包才上學上班去。某天看到「生吐司」的網上教學，倍感親切：「這不正是從小吃大的生命麵包嗎？現何不自家製？」旋即快搜烘焙吐司的視頻來研習。嘩，光看製法已眼花繚亂：甚麼「中種法」、「波蘭種」、「湯種」，又有「直接法」、「水合法」、「低溫法」等。而選取不同酵母、麵粉與液體作原材料皆需作相應調整。因各物質的特性於混合過程中所起的變化，以及時間、溫度與濕度的連鎖作用下產生的協同效應，每步之配合均對吐司成品之美味與香軟度起決定性影響。真多得各路前輩之費心鑽研，讓我這初學者能極速掌握要領跟着做。

廚師機與標準吐司模具欠奉，沒打緊，經驗前輩教路：全程「用心」用手製作，成品更富「生命」。面對原材料併合成一坨黏稠物時，聽說要揉上十數分鐘才成形。來吧，看我怎為之注入生命！經由一下一下均勻的搓揉，專注明覺地持續輸入能量，五六分鐘過後，真能感受到這坨泥漿終結構出富生命質感的麵團。再摔打拉捶，麵團變得更有張力。每一下與麵團的互碰互動，感受我體內的能量源源灌注入內；逐揉搓成彈力十足且潤滑的圓球，原來於這十數分鐘體會「能量」轉移的感覺是何其獨特呢！接續麵團需置溫暖處待時間與適當溫度助其長大一倍多，最後作塑型、再發酵與進烤箱前的細意整理。

每回看着互不相關的原材料，經一輪處理後搖身頓變成富生命的麵團、逐漸次膨脹，終進化成香噴噴的生命麵包，箇中一切的變化無不賴「能量」所達成！當撕着羽毛狀拉絲的出爐物、片片嚼口中；同樣感受着源源能量的回歸，回歸進我體內；助我快高長大、「能」幹這幹那！看到嗎、體悟到嗎？我的「我能……」，無非「大自然」時刻供給能量呵，就是循環不息「一個圓」的能量轉移！

那麼從我出生為人至繞一圈終結時，同是這一大圓呢。而在這大圓途經之處、能量轉移時創造啥來利益眾生，以至回程時達至喜悅欣慰的圓滿……**即看當下怎「悉心播種經營」**。嗯，富「生命」的生命麵包，原來從小已在教育我這真諦，惟至今才大徹大悟！

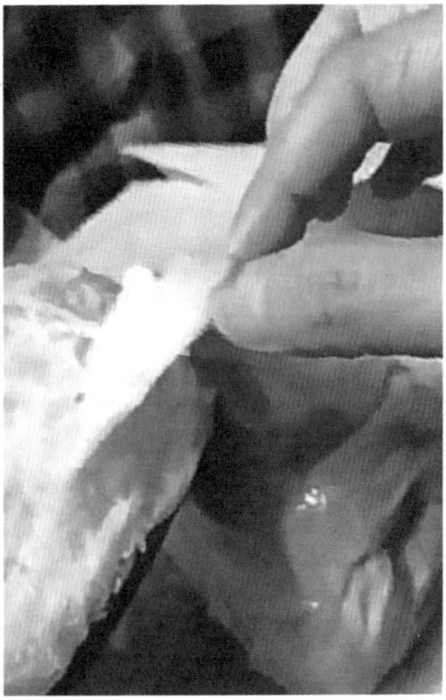

可愛「職業病」

「甚麼是職業病？」同桌閨密在我們忙點菜時，忽地一問，害我愣半晌。另一摯友搶答：「不是在討論選哪四餸一湯嗎？何以轉頻道？」閨密笑說：「你看誰聚精會神在餐點紙上忙打圈？這裏是中菜餐館呢小姐，而非書報出版社。收起你那職業病吧！」摯友細看餐點紙已被我圈出不少錯字來，逐好心維護我：「文人嘛，對錯字較在意，她無非欲給店主些修改意見罷了！」我力辯：「就是啦！錯字豈能容？」閨密曰：「一個錯字，會影響你理解其真意嗎？」我像忽被點醒。

是的，「蕃茄炒蛋」與「番茄抄蛋」，難道你會不明是甚菜餚？以上這一幕發生於若干年前。雖則當時像悟到甚麼，可習性難改、職業病難癒，多年下來，我仍一貫目光銳利地四出「改錯字」，或說準確點：自我小鬼沒甚專長，只好賴以此技倆，來證明我有些「過人之處」吧！

幸來到特定時空，小妹此劣行終得高人修正。話說台灣之中英文對照，多錯漏百出。某天與好友於台北一西餐廳用膳，甫入座，他興奮曰：「這店蠻不俗，算這區數一數二的西式料理。」他逐介紹別致佳餚，看向圖文並茂的菜單已叫人垂涎欲滴，可恨我那職業病又發作，我揶揄道：「怎能把英語直譯過來，你看……這個動詞豈能作名詞用？噢，這個甜點 desert 竟漏了個字母，頓變 desert『沙漠』去！還說是高級西餐廳，未免有點失禮！」看我吃力批評，好友只笑不語。

享用過豐富晚餐後，他問我總觀感，我分析着：「款款皆出色，燉飯完全是意大利口味，南瓜湯濃郁香滑，連最後一道布丁甜點也可口非常。喔，非也，是布丁『沙漠』才對。」我還是一副勢不饒人的咀臉，自命非凡。好友終開腔：「看來你中英文俱佳，不如幫我翻譯一句英文吧。」我得意着：「不敢當，說來聽聽。」

他拿出紙筆寫妥後遞我字條，初看時，白癡如我竟打算將之翻譯；但看了看，再看向好友，他揚眉笑說：「明白嗎？」我登時雙耳燒紅，羞怯湧心頭，呆半世紀回不了話。好友解說：「這店廚師花半輩子在歐洲學藝，他關注的是上桌佳餚能否合食客脾胃，相信他萬料不及：來賓如你竟會為區區錯字而掃興。語言純為方便溝通而設，達意即可。他人苦心經營的廚藝你沒多欣賞，卻愛挑這些無關痛癢的瑕疵，是否『本末倒置』?更重要一點，你會否從沒寫過錯字?」我苦笑搖頭，離去時把他那字條收妥，誓要痛改前非。

知恥近乎勇，日後但凡職業病作祟，那字條必能以儆效尤，這金句是啥?……**「Judge me when you are Perfect!」**。還怕自己本性難移，為加強修正力道，附註多一座右銘：**「嚴以律己，寬以待人」**，時刻自省，才叫萬無一失。

三人行，必有我師焉。
見賢思齊，見不賢內自省！

突破超越自我、
轉念一笑之

在江湖上不停打滾，再明智清醒的人呀，總難免有軟弱怯懦時。躺平下來，還是隱約看到自己不少的陰暗面、劣根性：有點像坨「口香糖」，黏黏的怎也剔不走、磨不掉。說穿了，只是自己沒下定決心，魄力欠奉來如實面對而已。但看着日復日的自己左閃右避，就是這「無力感」席捲身心，才叫人沮喪納悶。忽要把我按停，無非迫我直視自己潛藏已久的心結阻礙，若沒能超越上來，怎也愉悅自在不到哪，更遑論覓甚麼天堂樂土啦！

一切世間事與各式花樣之考驗，無非特遣來贈我上「轉念」課。曾聽誰說：「但凡你沒學懂的，自有類近境界前來敲你，無非善意呼喚：醒來吧！」為何還是挑戰頻頻，怪就怪自己水平未達標需惡補罷了。來一個壞念頭，趕緊轉出三個正向善念淨化之。且不住自我提醒：有看到當下面對的逆境難題是專程來「栽培、成就」我的嗎？只要自己手腳夠快、心念強勁，自然沒恁好怕，如是這密集鍛煉逐笑走每步，不也很好玩？（一笑＋二笑）

只要你願意，任何恐懼皆可拔掉

何謂「世事無絕對」？面對肆虐全球的疫情，任你再不情願，還得配合國情做個乖乖公民。加國解封日一延再延，六月中官方仍說不定復市之期。好吧，沒打緊，善用時間自我充實為上策。於是，一週學懂兩款糕點、蔬菜花花怎培植，照樣上網學。某天看男友一頭亂草生得旺盛，心想：「同屬手作類別，上網學理髮不也很好？剪壞了，頭髮還是會長回來，反正封城沒人見嘛，嘻嘻！」最後埋頭苦剪，幸男友滿意我這新手傑作。哼，都說世事無絕對，又給我學懂多門手藝。

其實，於不利形勢下，往往存在不少機會，看官能否發掘與把握罷了。一天見鄰家孩童在後園踏自行車，心生一念：「久違的單車，是否應……」豈料念頭一動，另一捍衛聲在腦際奔出：「當年差點騎車喪命，你還愛亂來？」喔，得先交代一下：話說小妹十來歲時，剛學懂騎車不久，便跟同學到郊野踩車。無奈我對交通守則沒甚理解，四出橫衝，傻瓜我竟一人騎至公路上，與拐彎貨車迎頭相遇。幸司機急剎車，我只受點皮外傷，可就此一撞嚇破了膽，從此再沒勇氣騎車了。

多年下來，當摯友邀約騎車去，我羞怯曰：「我不會！」人人啞然：「不是嗎？常人皆懂的技能……」唉，甚麼是童年陰影，我清楚不過！但時至今天，應否來個重大突破？我清楚沒一項技能是學不來的，克服心底惶恐才是關鍵。男友在旁鼓勵：**「恐懼，只是內心加添的無形壓力，正面面對之，可能沒你想像中的『難』！」**結果，某天好友運來自行車給我從頭學。

光瞪眼單車，背脊已冷汗亂湧，闊別多年，我仍懂怎騎嗎？當然不！馬上上網苦學，翌日奔赴球場來揭曉。實戰當天，不光要戰勝積壓多年的恐懼，還要克服崇高的傲慢心與頑強自專心；何解呢？因球場上還有七八歲的稚童同在玩單車，他們見我「牛龜」大人竟跌跌撞撞在「舞龍」，不竊竊偷笑才怪。一回、兩回、三回，還是左右搖擺不定，騎至汗流浹背仍難以順利地走好直線，稚童已連人帶車的飛來飛去，相形見拙，你話慘不慘！

幸我還懂自我安慰：「各有前因莫羨人」，檢討下，了知原是自己太慌張，雙手握得緊緊的。立令放鬆、深呼吸、再放鬆，柔軟身心。拋開掛罣、只要我勇於嘗試，天地自會體恤協助；果然，念一轉……下一秒海闊天空，雙腿騎穩，可走直線了。瞬間忘我地兜呀兜，多年心底的驚恐漸拋至九霄雲外，我真能重新騎車啦！當下喜悅確非筆墨所能形容，原來只要你願意，任何恐懼皆可拔掉！

如此看，是否多得封城所賜？賜我良緣突破多年陰影與恐懼。嗯，世事無絕對……只有真情趣！不是嗎？

捏弄麵包助戰勝心理病

從第一天揉麵粉學弄包，試着做着，確難想像到某天竟可義賣「叉燒包」助建校，且辦起烘焙班來，有夠喜出望外吧（容我於第四章盡述這奇趣歷程）！記得於授課那天，當示範搓麵團時，我那駕輕就熟的姿態叫人好生羨慕。但試問誰能猜想光要完成這簡單動作、在我咧嘴大笑的背後，隱藏一個鮮為人知的故事⋯⋯就是我與麵粉搏鬥的秘密。

嗯，得先細說因由：「幽閉恐懼症」乃芸芸心理病的一種，像我這開心果，任誰該難以想像我從小則與之為伍。據說這與意外事故有關，說直接點，就是創傷後殘留心底的恐懼陰影；故但凡走進狹窄隧道或地窖，我即頓變面青唇白、氣喘如牛。若長時間被困密室，即心跳急劇。長大後更發展至擠嘈雜場所，我皆有窒息之感。

平日戴膠手套洗碗，若時間長即感氣短。而當首回接觸濕漉漉麵團，要把黃油揉進去時，越揉越黏的感覺總叫我抓狂失控。不住喪叫：「麵團如此黏，纏附每吋肌膚，手上所有毛孔被麵粉睹住，心『不跳』啦！」最初兩三回揉麵的慘烈經驗直把自己嚇壞，大聲疾呼：

「不做啦，放棄總好過被『麵團奪命』。」逐趕忙收起所有用具，免觸景傷情。

以上這慘況發生於製包初期，但始終心有不甘：「中西包點怎離得開堆堆麵粉，更何況老爸窮畢生心力在鑽研糕點，未能仿傚實屬遺憾！」見我腦交戰，男友安慰：「買廚師機或麵包機代勞不一樣嗎？」「不一樣，機器沒生命、沒感情、沒溫度！我定要克服這！」心理陰影就需強大心力去撫平，此乃自己功課，一定要化解。深信只要比常人花更多時間去練習與實踐，不斷調整心態勇敢面對；**世上無難事，只怕有心人！**決意揉不好麵團……誓不為人！

逐網搜所有示範教學，用心細味，再鼓起莫大勇氣拔出器具，奮力重投麵粉的懷抱。提醒着每一搓揉要輸入愛，更多愛的凝聚能緩和急促心跳；察覺麵粉與自己同在緊張時即轉換角度，要與麵團齊作深呼吸呀！**「我可以」**、**「我一定行」**、**「我定能跨越」**，持續邊揉邊喊口號，結果揉至六分鐘，麵團變得順滑不黏。瞪着光亮外表，我戰勝了、戰勝沉重恐懼啦！記得捏着首個光滑麵團的瞬間，看上千回、激動得邊哭邊笑。打從第一個麵團起，每天瞪眼即衝去弄包，生怕這「得來不易」的法力會頓失似的；自此即天天與麵粉結伴。

你或許沒能想像「戰勝畢生恐懼」及「突破自我」之喜悅，我想說的是：亮麗叉燒包背後承載的辛酸，只有走過來的人才最清楚。我可以，深信位位面對生活上大小問題的你與他，必然也可。多給耐性＋愛心便是了，同是你懂的那句：世上無難事……

當我們不被境界卡住，
我們的生命就會新鮮、活潑起來。

應該？不應該

你可曾試過整週下來，跟一頭「豬」看齊學習……就是「吃飽即睡、睡飽即吃」？我則有幸體會之。要按停忙碌日程而換上豬生活，原因再簡單不過：我病了。話說入冬後流感肆虐，結果N年沒犯病的我速來「分一杯羹」。但終日鑽廚房，從沒出外會友，於我病前一週，連超市也沒逛。天天宅家何故染疫？嗯，想了想，還不是多得男友打球玩盡興之餘，順勢攜點流感紀念品回家贈我享用。一開始他也伴隨幾聲咳嗽，但體強的他很快即自癒。可恨送我的厚禮卻陸續展開折騰攻勢！於我而言，最難熬的莫過於「頭痛」，這種痛直像電擊、一下一下從頭的一端閃電式鑽至另一角，完全是沒跡可尋、沒時間段或規律，總之就是迫你癱睡床上、當一頭豬！

久違多年的痛法火速突襲，害我頭痛欲裂且牢騷直噴：「哼，都怪你把細菌帶回家！」嘩，原來「生病」最強的副作用，是理直氣壯的「怪東怪西」呢！男友看我沒了理智，完全順利「蛻變」成一頭豬，識時務的他忙安慰：「是的是的，都怪我啦！先別氣，快休養好自己。」我頓消沉：「整顆頭無論轉換至哪角度皆痛入心扉，睡上二十小時還不光只躺平而已，根本睡不着！」男友盡心哄我：「耐心點，過度期吧，今回可給我實習……怎照顧好你啦——」看他一臉誠懇，我還是相當欣慰。

而所謂照顧好我的過程，每每回想仍教我哭笑不得！話說這名藝術家，從小到大皆被家人全面照料下成長，故生活常規中的種種，他總像少了條根般難以搞懂。生病的我最期望的：當然是到時到候有熱騰騰的飯菜端來而不用我再為煮三餐費力。但男友根本不懂下廚，我還是少發白日夢的好，免傷神！多回見我乏力炒菜，企圖協助的他總越幫越忙，我不禁咆哮：「你怎麼好像新搬來的，油鹽醬油總不知位置、碗筷又不懂怎擺好，你……你事後洗碗好了！」

結果，「勇於洗碗」算是他最近學會的補救方案。心想洗碗該不會有閃失吧！可一拉開洗碗碟機一看，盡像馬戲團玩雜技式「蔚為奇觀」：大碗騎中碗再騎小碗、幾隻玻璃杯懸架端，只要你拉一拉恐兵敗如山倒般「落地開花」。氣結的我開腔：「可排列安全些嗎？這還用教？」「好的好的，別氣！我受教！」一回兩回三回，他才漸懂丁點洗碗大法。可真不宜高興過早，一天拿杯倒熱薑喝，呷一口呆當場；秒間吐清。這類近體會我已領教過，揚手令男友來親嚐，看他一飲鎖眉，同樣瞬間吐出，我急問：「請分享是何滋味？」他搖搖頭幽默笑曰：「哎呀，患病仍要服『酵素洗潔精』薑湯，跟前這女子……確實夠『苦命』！」多日的頭痛竟被他這一笑沖淡，我莞爾！

苦命女最終學懂送自己一貼靈藥：**世上準沒甚麼「應該／不應該」，感恩就好！**生病便應該有人悉心照顧？事情不如己願便應該肆意責難？那誰應該丟下一切而時刻呵護病人？碗筷要這樣洗才夠好、杯碟應該這樣置才妥當。也許喝了點酵素洗潔精，得以徹底「消毒」，我像加倍身心療癒開來，且漸次醒悟咯！

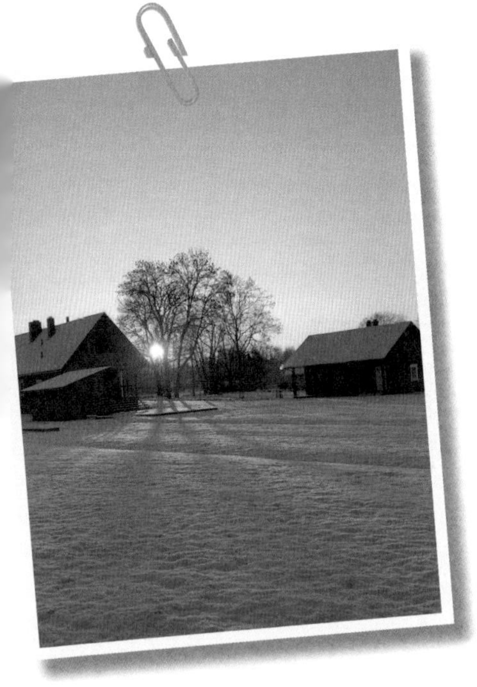

誰更值得表揚？

「每天上班已忙得不可開交，工餘一有時間便為這社團服務，從籌備策劃至工程順利完成，確費我不少心力。可慶功宴上竟沒受表揚，主辦方是否太沒心沒肺呀？」摯友氣難下地吐苦水。她逐喋喋不休：「雖屬義務協助，但理事們也知我多賣力苦幹，最後連鳴謝幾聲也沒有，真的豈有此理！」當人正沮喪氣結時，任何大道理也難派上用場。而就這方面來說，我亦算蠻有經驗。

我先來和應：「唉，就是那種廢寢忘食地想點子，及親力親為助其達標，可事成後竟無人問津、連半點掌聲也分不到；自己直像傻瓜一名，只感鬱悶難耐……是這苦澀滋味嗎？」她忙不迭點頭：「就是啦，你也經歷過？結果怎排解開來？」我安慰曰：「那年稚嫩的我誠如你這般鬼哭神號，幸一大德給我慈悲開示……」

當年大德聽畢我申訴後笑問：「當義工時，你是抱持甚麼心態在做呢？若是服務大眾，你心底還有所求嗎？」我理直氣壯回話：「義工嘛，自然沒甚報酬，但孰料人家連讚一聲也吝嗇呀！」他笑得越發鏗鏘：「不要金錢物質回報，卻貪求掌聲或優越感，這何嘗不是『有所求』？故『求不得』自然得出你如今那『患得患失』之苦況，對嗎？」一言驚醒的我漲紅了臉，羞愧曰：「沒、錯⋯⋯以往當義工受稱讚時總感飄飄然！原來是『自我小鬼』嚮往這些抬舉美言咯。」

大德看我漸醒悟，勉勵說：「當服務他人時，只單純的盡己所長投入去做。不要有任何計較或得失心，更不應有『我來行善』之心態；切莫借此來徒添自我優越感。倒應深存感恩，因有機會給你奉獻付出、學習及成長。來，看看被你踩腳下的大地，時刻在支撐承托着你，你何曾鄭重說聲『謝』？大地還不是照樣默默為你服務、處下來成就你？**大地、陽光、空氣、流水時刻向世人展示『潤物無聲』之偉大德行，你能仿傚多少？**」

是的，看向遼闊天際，清風送爽，大自然一直以身作則，給我無條件的養育與關愛，哪需我回報或讚揚？比對下，小家子的我着實「差太遠」！沒受讚賞即憤憤不平，原是自己心胸狹窄；而服務本懷亦不單純，這統統是自己的問題。那回沒掌聲的經驗，雖叫我難受片刻，但深入看，其實是來送我大禮呢：**給「無明」的我照見自己距離這「無我無私」的寬敞**

「大道」有多遠，從此鎖定要以「大自然」為師。續後於服務中，放空自己，全然投入奉獻；箇中體會到的了無牽掛與自在才是最大喜悅！

分享完畢，驟見摯友愁容逐漸化開，沒掌聲、沒稱讚？原來是以另類形式……饋贈她無價之「心靈提升課」。

心寬一寸，路寬一丈
你改變了，一切即改變！

我的「一吋」老師

要求高效、投放多少誓要看到預期回報，這大抵是你我公認的不明文生活指標與程式。而從「追求高效」所衍生的「心急」習性，小妹自小已培養得極為出色。大人們對年少的我多評價曰：「小笨，哪有如你這般心急，凡事也想要一步登天？」喔，殘餘記憶庫中撈獲一例證：眼看比同齡小朋友矮了一截，媽說多扒飯 + 勤打籃球可望增高，於是我每天睜眼即專攻扒飯與打籃球，每晚即時量身高，可惜半年下來還未見起色，但我這「心急相」早已笑遍街坊。最後迫着長輩們給我諄諄教誨，結果我自此便認真記下甚麼叫：耐心、忍耐與堅持。

長大後於江湖行走，漸漸覺察到很多事情，確是「心急」不來的。正如葡萄酒需經年累月醞釀而成、就連皮蛋鹹蛋同需待上既定日數才醃製出極致美味；於是我又奮力記下甚麼叫：欲速不達。可真莫看輕自我之頑劣難馴，早前從研習園藝小事上，那降服多時的心急惡習再度肆虐。話說家中那年事已高的「綠翡翠」丟了小丫葉瓣下來，好友教路：「將其埋入新泥土中，它便可繼續茁壯成長。」我這單向思考動物狐疑：「沒根也能再生？」「門外漢，你照做便知曉！」興沖沖的我如獲武林秘笈般馬上跟着做。

往後的日子，我便每天殷殷期盼地盯着這盆新血。可日復日、週復週，它仍是一丁點也沒增長，我幾近每朝跟它喊早安時順便與之量高度（與兒時自我度高無異），還不是跟丟下來時一吋的身高……一模一樣！我遂向好友呻吟：「怎會一點動靜也沒有，已四個多月竟沒絲毫變化？」好友平白説：「再看看吧。」我越發心急難耐，看其幾近沒生命跡象般呆立着，叫人好生悶氣。一天我更抓狂盤問起它來：「每天給你澆水曬太陽，你竟不領情地動也不動，這叫甚麼態度呀，好歹也伸高一丁點以表謝意，好嗎？」一吋，看這一吋，還是倔強地不表態，自此我為之命名為「一吋」。

忽爾一天好友傳我資訊：一種生長於中國最東邊的「毛竹」，花足四年時間才長三厘米，但於第五年起便以每天三十厘米的速度瘋狂生長，於續後六週的時間便長至十五米。原來前面的四年，毛竹將根在土壤裏延伸數百平米，看似沒有成長，其實是在暗地「扎根」。這揭示提醒人們：**不要擔心付出得不到回報，因這些付出是為了扎根。**看到這我傻眼了，錯怪了我的「一吋」呢，我深深被這扎根故事打動，心寬的我更用心灌溉一吋。

過了一寒冬後，一吋果真發力，至今它長高一倍了，但我還是喜喊它一吋，因它時刻在案頭點醒我：**一切必從好好「扎根」開始。**

扎根、扎根，根扎深了， 何懼風雨！

要當檸檬或蜜瓜？選擇在我手

「豹哥」向來就是「保護地球」的俠客，但不時見他與友人，一言不合則鬧至青面獠牙，暴跳如雷；我印象中的他滿是濃濃「火藥味」加霸氣十足。晃眼不知多少個寒暑，來到最近相聚，判若兩人的豹哥叫我刮目相看。嘩，原來歲月真有「改變一個人」的天大本領！跟前溫文儒雅的他，完全活成「脱胎換骨」的模樣。我迫切追問：「硬朗豹哥何故蛻變成書生一樣？」笑出滿臉褶子的他爽朗曰：「還真多得我恩師點化。」雙目放光的我最愛靜心聽故事。

「就是年少逞強，最愛四出挫強扶弱，自傲感日益膨脹下，瞋心也同在倍增。人變得暴躁焦急，與太太一聊不順心即怒火氾濫，結果總鬧至家無寧日；而與他人吵嚷總為些芝麻小事，之後但凡稍遇阻滯，我即任意破口大罵，時刻抓狂失控，驟看確與一頭『喪豹』無異！」他邊說邊搖頭，此喪豹過往之苦況，確可想而知。

我好奇：「那何來轉捩點？」豹哥緩緩道：「看着『火大』的我每況愈下，太太邀來一大德給我開導。最初我只管端副臭臉，大德仍一貫慈祥。往後他常來我家作客，不知怎的小兒跟他極投緣。一回小兒正幫太太弄糕點，他忙着把一隻檸檬搾汁，小手奮力擠壓檸檬時，剛巧到訪的大德看得入神，逐問六歲兒：『你擠出來的汁全酸酸呢，我怕酸，可否擠點「甜」的給我？』小兒大笑：『**檸檬內全是酸的呀，怎能給你甜東西？**』大德順勢看牢我曰：『你內心擠滿瞋心，才會時刻被外在的人事物牽引出「瞋怒」來，外境只是帶領你看到自身問題。若你內心注滿慈悲大愛，是怎也起不了瞋的……則假設你從檸檬變為甜美蜜瓜，怎擠壓也難再擠出酸汁來，對嗎？』猶記得，我登時如醍醐灌頂，了知大德是來渡我的菩薩！他接續的開示，改變我一生。」

我持續窮追不捨，他直言：「因我向來只懂往外挑釁，從沒回來打掃亂糟糟的內心。看不到自己問題，才是最嚴重的呢。大德逐教我如何反觀，當靜下來細心檢視……喔，是自己心量狹窄、自我常作對錯批判，令瞋怒心徒增而不自知。當焦點調過來，知道根本問題所在，一切便好辦。首先，我得接受溢滿瞋心的自己、再要明白眾生皆因『貪瞋癡』才會犯錯作業，大家本是生命共同體，以大愛包容便是了。以後但凡遇境況，即提醒自己起瞋只會增添惡因，當下回來淨化自己才要緊；只要慈悲愍眾生的話，是不會再起瞋與造業的。**要當檸**

檬或蜜瓜？選擇在我手！」

看着眉宇間滲着大愛的豹哥，昔日霸氣不復再。原來「檸檬」真可變「蜜瓜」，你我努力的方向……是否再明確不過?!

一生中最甜的「苦茶」

「苦」，近日不約而同蒐集到各地摯友傳來「形形色色」的苦況，「苦」的內容：有兒孫滿堂的在喊苦、事業有成的在喊苦、單身貴族也同在喊苦。聽畢各人段段申訴，不禁慨嘆「家家有本難唸的經」，看似屬實。我忙開解：「生活上略有衝擊而已，請不要捲得太深，會否過於聚焦所謂的苦，而抹殺掉同時並存的樂？」

「你又不是我，怎知我有多苦多難受……」大家持續吶喊。是的，我當聆聽者，噤口不言為妙。但各人仍喋喋不休苦自憐，直像跌入泥沼難以自拔，何苦來哉！真正的「苦」，往往是當事人這「自我倍增難題」的習性作祟；且眼前「苦」事，無非提醒某些觀念知見是一直以錯誤方程式在運作而不自知，故徹底根治才叫究竟。何故我如斯篤定？當年的我才是表表者，最後終釐清：自己這個始作俑者原是「罪魁禍首」呢！

以過來人作分享，望能加強說服力，特地找來十年前一舊照以助闡明。看看那「苦瓜臉」，事隔十年仍隱約嗅到當時的苦澀味。噢，得澄清此乃油畫才對。當時的我正手持保溫杯呆呆在等：等沸騰苦茶略降溫才一服而下、等有足夠心理準備去嚥下這苦透心中藥、等上天回覆我難熬日子還剩多少……我這發愁木訥相被男友秒間拍下逐畫成油畫，最後成了他參展大賽的奪魁佳作。評審一致讚許他的畫功勾勒出這苦滋味，正如此畫之名「Duhkha」，梵文意旨「苦諦」。

「苦」，當時的我深信自己必是天底下最苦的人。每天飯後要啃中西藥共九種、步行數步即心亂跳、夜不成眠頭痛欲裂、每每頭痛至揮拳擊牆且哭至崩潰仍難以安寢、稍能入睡又窒息驚醒；如是這折騰至身心疲乏，外相與幽靈無異。及剛移民加國，隻身跳進陌生國度，沒啥親友、寄人籬下之感倍覺自己可憐兮兮。嗚嗚嗚，當認定自己慘絕人寰時，一個人的鬥志被負面思潮日夜侵蝕着，加劇殘害自己至泥足深陷。

也許跌至谷底自會否極泰來。某天心內一回響：「能呼吸仍有命，還怨甚麼？以往吃一餐沒一餐、居無定所，如今好歹也有『瓦遮頭』；**比上不足比下有餘！不珍惜自愛、不反觀問題來糾正自身，一味怪外境與喊苦有用嗎？**」真的，迷悟間只一念，一下子醒過來後撥亂反正，奮力改革身心，一步步走出陰霾，活成重生的自己。

誠然，每人劇目盡不同，但翻山越嶺後教懂我：**苦的到來只為敲醒我們，揭示要修改的癥結所在，**故積極面對與努力修正才是脱苦關鍵，而非沉醉於空嗟嘆中挫耗生命。若能智慧取角與善用，一切的苦即助你蜕變，他日必能傲然回首、向「苦」言謝。

加油摯友們，十年後的我，還是萬分由衷地感激那杯「苦茶」！

當下所有你經受的「苦」，原是「天使」！
目的是——助我們修正錯誤的觀念與行為。
改變自己是痛苦的，
但沒有痛苦就沒有成長。

「痛、苦」原來是可以分開的

每人對「痛苦」的領受盡不同，確是「如人飲水，冷暖自知」。當我以為自己處於極苦時，往往是自己「一厢情願」地創造出來，何以說是「創造」？以下分享我的「實修實證」供大家參考。話說那些年受劇烈頭痛與睡不穩長期折騰，精神委靡下更愛胡思亂想。越想盡快好起來，惶恐與焦急卻與日俱增。心底像添了部計時器吱吱作響，狂催促快點睡好時，人躁動得像頭荒野中亂飇的喪犬，身心崩潰、雙目澀痛，就是睡不着。最長紀錄是連續三夜不成眠，吃盡特效安眠藥也無濟於事，兩顆空洞眼珠總呆呆看牢天花板至……鷄鳴。就這樣滾動經年，白天直像丟了魂的孤兒硬拖殘軀在捱日子。

每當夜闌人靜睡不了，獨愛搬出塵封往事來自虐。哪誰對不起我、落井下石、陷我於不仁等；結果看上千遍的「苦命女劇集」仍愛深宵重播。每看一回，眼淚又一次不爭氣地簌簌而下，累與倦加心碎，再次力證「世上苦命人非我莫屬」！噓，甚麼是「自編自導自演」？這大獎我當之無愧。

幸老天爺還蠻疼我，讓我經受種種，無非逐引領我「回家」。我從小有一癖好，但凡遇逆境或每當出院，皆送自己「一大碗叉燒飯」，總覺這兒時況味能大大給力。於是，那回拖倦容赴食店，企圖讓叉燒飯助我元神歸位、重新做人。當熱騰騰叉燒飯端來，一口嚼下，奇怪，何解沒以往味美？見街坊們吃得眉飛色舞，為何獨我嚐不到那滋味？頓時開竅：同是美味叉燒飯，外境沒變……只是我「心」變了！**我的心麻木、封鎖了，不是陽光不照耀送暖，而是自己關上門不讓陽光進來。**

我漸意識到：**「痛、苦」原來是可以分開的，身體的「痛」是當下存在，但這個「苦」卻是自己額外加添呢！**說穿了，苦是「自我小鬼」倍增上去的，借任何的「痛」來拉攏百籮筐憾事「創造」出沒完沒了的「苦」。哎呀，頭痛干擾我辨事不力、一直睡不好以後怎謀生？過去沒這痛多好……嗯，這些自我創造出來的擔憂憤慨不滿等，堆疊成「苦上加苦」，自我小鬼便大獲全勝。

「吾所以有大患者，為吾有身」，正因強大我見身見，很在乎個人的名利得失，才不住發難。但於穹蒼下，我這螻蟻真如此重要嗎？深入往內心察看：原是自我擴大這苦來毒害自己、自我愛玩這顛倒遊戲呢！當了知「痛」是來敲醒我的，接受當下一切、愛我的痛如我自身……痛感立馬緩解。沿途修正錯誤觀念與知見，一條條歪曲方程式耐心移除，打開心讓光進來包容所有，沒事的，在大愛天地中我還是被愛着。當御下自我創造的苦，調過來創造開懷一笑，翌日再試這叉燒飯，美味如昔。哼，一切唯心造，傻瓜我終醒了！

打開「心」，讓陽光進來！

駱駝先生助我「高瞻遠矚」

「世上有否超強天然去污妙法而不傷衣物的呢？」連日來不斷找家務大嬸指點迷津。有說用檸檬、小蘇打、飯粒、牙膏等，但也許這頑固的原子筆漬停留在衣領的時間太久了，故怎弄也只能去掉丁點，於雪白衣領上還是蠻「礙眼」呢！多活該，這襯衫是我至愛品牌，數年前歐遊時無意中給我看到它優雅地端櫥窗內，一看便確定它需跟我回家。「還不是普通不過的白襯衫，你衣櫃內已躺着不少類同的呢。」男友竭力提醒。當時的我仍屬那種典型的物慾主義女生，故當心頭想添點甚麼時，總能編出千萬種狀甚合理的說法，任誰也阻止不來。

結果那件襯衫戰利品便一直備受器重，由於出身不俗，故非重要場合是不敢勞其大駕的。可世事最愛作弄人，不知那回穿了它赴會後，衣領上被藍筆畫了一道而不為意，至近日才驚覺。當時馬上抱襯衫往洗衣房搶救，男友又來贈慶：「還不是身外物，看你多麼不堪一擊！」我心痛嚷叫：「落井下石呀你，快給我救亡吧！」可恨最終只能接受藥石無靈之結局。

我正氣悶之際，剛巧手機傳來好友正在遊埃及騎駱駝的照片，頓時腦內思潮氾濫，遂把我拉回十多年前的杜拜遊。

那年算是首回跟駱駝結緣，大概是參加了當地騎駱駝賞月的活動。還記得面對着龐大的駱駝先生，我這膽小鬼確感怯懦。導遊熟練地教了幾度板斧，遂協助我躍上駝峰上，牠開初是閒適地趴着，感應到我坐穩後牠便緩緩升起來，登時才驚覺牠原是相當魁梧。至牠站直身子，我簡直如坐直升機般一直往天廷攀升，伸手彷彿可觸及星空朗月。心大悅，再回望地上的景物，全部逐格縮小，眼前遼闊視野好叫我體悟「高瞻遠矚」之深義。奇怪是，這一幕給我鮮活的印象久未消退。

咿，何故忽爾腦內奔出當年的杜拜騎駱駝？ 再回看令我難過的襯衫，叮一聲開悟！ 當駱駝緩慢站起來時，眼下人兒誰跟誰已看不清；再升高些，只能隱約看到黑壓壓的一撮人，你能看到各人穿着嗎？更何況某人衣領上的一點污？**花盡心力糾纏於小問題小瑕疵上，原是自己一直處於井底在斤斤計較、呱呱叫罷了。**即使衣領髒了，那有損其功能嗎？這衣仍能發揮其蓋身遮體的意義，那我仍要吵甚麼、還要堅持浪費更多生命能量在芝麻蒜皮小事上？**原來是自己沒有提升上來，是自己一直在狹隘框框內苦執着而已。**

一下子，我更明白當年為何誓要添這白襯衫……無非待至今天「因緣和合」給我好好上這課。我心更樂，染污後的白襯衫現更被重視，因但凡看到那洗不掉的筆痕，總能警惕自己要立馬「提升上來」！

打破「負面方程式」

一閨密日前簡訊邀約通視像會議，望我能給她「建議方案」。我當然兩脇插刀、義不容辭啦，她人在日本，我身處多倫多，還真要算好時辰來通話。於是某天便來到我倆久別重逢於「微信」上。她呢，一直是眾人眼中的公主，有些人從呱呱墜地一刻即有守護天使伴身旁、食衣住行從來盡是優質。當年我還在地獄打滾呻吟時，不知有多羨慕她！然而，荊棘滿途抑或風平浪靜實非個人可期許；熬過崎嶇路才方知一切乃助我進化之酵母，心中銘記：但凡打不死你的必助你成長，欣喜接受所有境況便是了。故向來也搞不懂一帆風順的她，何來問題多多？

結果聊逾一句鐘，大概了解她近況與擔憂。早年嫁赴日本的她一直安享「少奶奶」生活，活在一致公認的幸福模式，她卻犯愁：「唉，若某天老公丟下我，在日本我沒親人又沒謀生技能，獨個兒怎算好？」嗯，真是閒着沒事幹、自我構想問題一籮筐的精英。不過，沒她這鮮活例子，我也沒留意到不少朋友同樣在心底潛藏類近的「負面方程式」。

例如朋友A說：「若睡不穩，沒深度睡眠即會影響翌日工作效率、引發心情變差；心情差了會漸次拖沓生活節奏……令所有事都不對勁。」摯友B：「我老婆屬專門找碴族群，但凡裝修師傅說了方案，她必討價還價與事事監督，於是雙方將從軟磨硬泡逐發展至勢不兩立，漸把我夾中間來當苦主左右拉扯。」嘩，何解大家竟預設這些場景，硬把自己套進荒涼地？A與B同聲曰：「歷年經驗下來，必是如此的呢。」

我感喟：「非也！是你那自設的『負面方程式』促成而已。因果使然，但從『因』發展都往後的『果』，中間仍有不少距離，若懂得把握每一當下，重新發放美好積極的善念種子，以開放的心匯入正念，收穫即截然不同。**未來孰好孰壞，其實是你怎引領自己前進**。要知道，越朝負面想，越強化這負能量來催化壞事形成，原是你在打造惡果而不自知呢！嗯，試想像大海中飄着『美好』與『不堪』兩浮標，你選擇朝哪游去，自會引領你到哪目的地。睡不好、老婆慣性批評屬過去事，但每個當下是嶄新的呈現，可否放寬心創造更好的將來？我會持續強化當下每一個起心動念：**『現況如何沒打緊，從頭來，只着力播美好種子，自會收獲好成果』**我相信一定能到達『美好』，因這是我一早強化的『止面方程式』。」

因此，給日人太太的建議方案自然是：打破負面方程式即可。「合上眼，一浮標是開心與老公白頭偕老、另一浮標則孤獨一人，你會游往哪？決定好便每天愉悅啟航囉！」都說她有守護天使，她終聽懂並笑着說謝謝！

請用心耕耘你的「心靈花園」，每一念皆種子。
要百花吐艷或雜草叢生？選擇在你手！

迎春斑馬花借開花講經說法

步入三月天，門前積雪瞬間溶化，空氣中瀰漫着春天氣息。加國亦轉入夏令時間，意味着進入暖和時令。老實說，移居多倫多十逾年，始終搞不懂冬夏令「快慢鐘」這回事，每每看着花草樹木與快樂奔跑的松鼠兔子，不禁遐想：它們／牠們會懂人類這些快慢鐘規矩嗎？從南方飛回的大雁不用看月曆手錶，也懂適時回歸；可我們人類還需依仗諸多的機械儀器，才敢匍匐前進。呼吸同樣的空氣、享受普曬遍地的陽光，小鳥貓狗孑然一身卻天天自在灑脫，那何故我像比牠們煩惱多？箇中總像暗藏玄機待我發掘……

某天翻看筆記本，忽被一句抓住瞳孔：**「整個大自然的法則，除了無常之外，便是無我、無私。」**頃刻恍然大悟，原來一切動植物皆活在「無我」世界中，而我仍在拚命學習如何「淡化自我」，難怪我的幸福指數遠較牠們遜色！瞪眼鄰人可愛小狗，時刻活在當下，相對於我呢：思潮不是擱在過去便是遠眺未來、當中冒起的貪瞋癡，無非是「自我意識」在耍把戲；心底納悶：「唉，我這靈長類，真的貓狗不如！」

幸憶及大德勉勵：「不用氣餒，大自然一切皆有生命。當你用心欣賞、跟之交流，它一樣會跟你作雙向回饋、滋養你心靈及療癒你身心。朝它們看齊學習，你會有所突破。」沒錯，近日就是被窗前那「斑馬花」出奇的行徑，助我悟到甚麼。話說這平平無奇的小可愛進駐我家已三年，日前驚見一枝天線類物體扶搖直上，不斷標高，最後竟在末端奔出別致小白花。傻瓜我看至走神，它躲於室內竟了知春回大地，靜悄悄開起花來。天地有醍醐，再清晰不過。唏，但我們不是同樣吸納相同的醍醐嗎，何解你我常不時這樣痛那樣痛？我逐陷入沉思……

我們的身體同是大自然產物、同樣被大自然養育着，但若我們過着違反自然規律的生活方式，久而久之這「背道而馳」自會積出病來。**身體只是迫不得以藉病痛來拉警報，助這冒失主人早日醒悟罷了**。而另一重點則心靈之影響：若終日煩事壓心頭或積怨執念緊抱，堆疊的垃圾時刻製造無形毒素來消耗生命；這全是我們須淨化的。你有多痛，即代表過往曾於無明情況下自種苦因，才得出今天這病痛果報。說到底，還不是「自我」在添亂！

但有多痛，同時亦意味若能靈巧善用，將慣常的負面情緒全打包，將之轉化為有機土壤來栽培自己，蛻變則指日可待。如是看，**生病的你我不是比一般人更有莫大機會早日「醒過來」？**從「迷」到「悟」，關鍵在「轉念」，「煩惱即菩提、病痛即天使」。一念轉，心花朵朵開！嘩，原來迎春斑馬花，是來贈我開悟心法呢！

粉碎的字畫

「目前，你生命中有不可或缺的人事物嗎？」、「任何當前你最要緊的若起了甚麼變化，你能否安然接受？」以上提問是早前視像讀書會中，被一小故事勾起的核心課題。人人對「無常」、「無我」、「緣起」說得朗朗上口，無奈當歷緣對境中，仍拉扯不斷，這「隔靴搔癢」之感總提示我們：**但凡於實際生活上應用不來，仍不是你「學到做到」的真功夫，趕緊「歸零」從頭來＋「虛心學習」便是了。**

好了，先來分享那則故事。向來醉心書法的前輩，家中一角掛着自己心愛墨寶。由於正外遊中，早委託鄰居定期到家中巡視一番。近日鄰人彙報，一幅掛牆字畫不知何故倒了下來，剛巧壓碎了他至愛的陶藝擺設。前輩看着照片中那心愛字畫與藝術品粉碎一團，頓時心疼不已。當前輩描述此事時，大家均能體會失去「心頭好」之心情。前輩坦言當下只管自我安慰：「唉，奇怪家中空無一人，字畫竟無緣無故墜落……真太『無常』！」

嗯，以往我遇上類似境況，也會自顧自默唸這口號：一切皆「無常」，說着說着漸感釋懷。但重點是：明明知道一切無常，何故仍將之歸類成心疼的不如意事？此純粹事件一宗、惟變化而已，「無常」純屬中性，那為何你我仍感失落難過？話匣子一打開，大家隨即作深入鑽研。同修們逐連繫到**「為吾有身」這關鍵上，正正就是這個「我」惹的禍！**試想想，當你那跑車被刮了一道痕、她鍾情的手袋丟了、我心愛的裙子髒了，登時氣憤難平；但若換成是友人東西出了狀況，我們自然沒啥拉扯，故一切還是歸咎於「我」——這「我的」之牢固與掛罣。

道理早立於跟前：大自然中時刻展現「無常」、「無我」、「緣起」這真理實相。一切只是種種因緣的轉變，但我們就是慣性要抓「常」抓「我」，於是跟實相一直「背道而馳」，故面對任何你抓牢的東西起變化時，「苦」就這產生。既然大家了知「淡化自我」乃努力方向，好應從日常生活中反芻這個「我」、「我的」及一切的抓取是怎形成，循這路線往回化解才是要領。當了悟萬事萬物皆時刻在流動、生滅變異，故有緣相聚，**自當格外珍惜每一緣起、全然「身心對焦」活在每一當下，善待每一因緣**。當緣盡時，明瞭此乃自然法則之演變，才不會被外境牽着走，這才是真正做到「應無所住而生其心」。

因此，舉一反三，從一幅字畫到至愛親人，哪有例外？最後連這謹守一輩子的身軀還不是要放下？故早日參透，自然脱苦海！回頭細看，前輩那字畫大概不是無緣無故粉碎的，今回令大家洞悉箇中真諦，並從中開啟智慧，這大抵才是其彰顯的生命意義！

羊駝愛上瑜伽課

在石屎森林中長大的我，年少時經歷窮困與流浪的一段日子，慣常的捱飢抵餓令下意識儲備着沉重的焦慮與恐慌感：怕沒錢開飯、怕無家可歸、怕不得溫飽等等的擔憂長年囤積思潮，漸漸地便從生活上的「精打細算」進化至「錙銖必較」，幾近作任何事也得拿出算盤來敲一敲。日子有功，繼而助我培養出一套凡事「算一算」的秘技，我竟自詡為世上最強的精靈族群。

但當閱歷漸豐，任這精靈算盤打得再響，可每逢夜閒人靜，我心深處卻滲着一種冷，心底的孤寂感隨着撿回來的銅臭與日俱增，「滿以為堆積起財富，好應安枕無憂，何故更感空虛？」心內不時湧現此提問。多年後與一大德交流時，被他一言驚醒：「越懂計算的人兒，到最後收穫的竟是『一場夢、一場空』的落寞，因為『愛』與計算是不兼容的：**越會計，越發得不到愛。**」恍然大悟的我差點嚎啕大哭，大德再解說：「舉頭看日，火紅太陽終日燃燒自身來滋養萬物、給我們送暖，太陽有跟我們收費嗎？那種只有付出且無條件的愛，怎得計、哪來算？」從此愚昧無知的我漸清醒過來。

記得剛移居加國時，曾到農場任小農夫，其中一插曲蠻有意思。當女主人獲悉我乃執業瑜伽導師時，靈機一動：「這幾畝田正需人手收割，難得你有一技專長，倒不如教鄰近太太們瑜伽吧。而她們下課後便幫忙收割農產品，以她們的勞動來換取上你的瑜伽課，妙絕呢！」我一聽惡習先衝出來：「嘩，那我有何好處、不划算吧！」幸再細看那農場主人，素來確是自給自足，收成大多與鄰里分享式的「以物易物」，經年累月均奉行以「愛心」出發的純樸生活，而她那充盈飽滿的安逸感一直吸引着我，坦白說這是我以往於大都市內從沒見識到的，故最終我還是答應她所求。

於天幕下寬敞農場內教瑜伽，真挺新鮮。還記得當我第一天大聲吟唱梵音「OM」時，農場內的羊駝、小馬、小騾聞聲趕至，像看戲般端坐於草地上，側着頭在細看。我與太太們無不歡喜若狂，原來牠們也愛時尚瑜伽呵。於是這群好學的龐然大物每節課也奔來在旁參與，我更因為牠們的到來，感受着前所未有的欣慰與滿足，心頭暖烘烘的。課後看着容光煥發的太太們拿起農具直奔田野，大家有說有笑，大汗淋漓下忙着收割，這道亮麗風景原來真的是再多金錢也……買不來。

我開始體會到大德所言甚是：**愛，絕非可「計算」得來的！**每當想起奔來參與瑜伽課的含笑羊駝，牠們早深明此理，只是我這小家子的大笨蛋，不知耗了多少光陰才學懂呢！

年紀大骨頭硬……真的嗎？

「很多瑜伽式子，若不是從小訓練開來，根本沒有可能做到的。」、「我天生就是硬繃繃，大概非練瑜伽的料子。」、「人越大，骨頭越硬嘛。」忽爾憶及於教瑜伽歷程中，常聽到學生們以上的論調，任我怎多作解說或鼓勵，大家還是聽不入耳，最後給我的結案陳詞總是：「老師，你生來便是吃這行飯，我們怎能如你般，甚麼苦練終必成，騙人呢！」

嗯，很多人以為我是天生柔軟骨架，故做任何瑜伽式子均手到擒來，這絕對是天大的誤會。猶記得當我初學瑜伽時，看同齡人位位輕易的俯身雙手觸地膝蓋直，我則腰板腳筋緊實無比，手指離地一大截。老師見我如敗家犬，忙不迭勉勵：「瑜伽世界精心博大，沒有『不可能』，下苦功必有收穫。」當時年逾七旬的瑜伽老師此一席話，燒烙我心。是的，瑜伽另一深層含意乃「天人合一」，試問來到「天人合一」時有啥不行？我這人，但凡認定甚麼便只管拚命邁進。於是日夜循老師的教導苦練，真切體驗何謂「世上無難事，只怕有心人」。不到一年，剛開始時卻步的諸多式子已被我逐一攻破。自此遂令我信心倍增。

接續赴印度深造，無非望能將瑜伽修為拓展極致。難得進寶地，對「一字馬」這兒時夢想號更誓要練成。話說不下三回留守印度作密集進修，還是未能一償夙願。當時我那一字馬怎看卻只像「大字馬」，實教我垂頭喪氣。一印度老師用心安慰：「學習瑜伽就是『學做人』。學會接受自己、包容一切才更要緊。」就這樣，「失落一字馬」從此長埋心底。

封城下終日宅家，必締造良機給我突破甚麼吧。好笑的是，當近日對「虛懷若谷」、「柔的力量」、「一切唯心」的體會越發滲入骨髓時，內心像有一層障礙物在緩緩被消溶，心靈頓覺順暢通達。一天憶及大德勉勵：「**心態決定一切。成功與失敗之差距就取決於最後一步堅守的信心！**」心中忽爾湧起無窮動力，逐重投一字馬的練習，但不同的是：丟掉以往的執取、注入更多的寬鬆柔和並注滿對大地的臣服。每天持之以恆從心出發，一天兩天、一個月兩個月……某天一字馬竟就這靜悄悄駕臨！哇，當下的狂喜，你大概可猜到吧！

最終，滿腔激動的我又一次力證：甚麼年紀越大骨頭越硬，非也！**只要你「心不硬」，一切還是滿有機會與可能**，怕是怕一顆心緊鎖着，扼殺所有逆轉的契機。我這心繫千年的一字馬終練成，足證創造力不斷萌生，全因心是主帥。只要心靈鮮活、只要你願意跳脫固有框架，勇於自我挑戰，真的無事不辦。我的一字馬如是，你與他的種種「不可能」是否能予以空間、以心給力「從頭來」？

給「龍捲風」猛然颳醒

「龍捲風」，不曉得多少人曾遇過，小妹首回見識到此震撼威力，約七年前。孰料，前陣子又一強勢龍捲風來襲，令身處城鎮停電半天，事後獲悉僅短促兩分鐘，就此捲走十位人兄的性命。究竟一個人能碰上兩回龍捲風的機率有多大？必含特別寓意！關上門，送自己獨處一午後作反觀內省。

嗯，豈止兩回龍捲風，認真盤點一下歷年擦身而過的驚魂記，真懷疑自己屬「貓」有九命！那年沙巴潛水配備出故障、珠穆朗瑪峰大本營險送命、克羅地亞「盛夏降冰雹」、土耳其嚴重食物中毒、兩回離奇車禍、至較近期於馬爾他的深海歷險。粗略瞥看已叫人黯然神傷，我這劣徒，原來多回繞鬼門關還沒學乖，全是愛玩且僥倖的自負心態；橫衝直撞、高傲放肆，真活該！幸被上週龍捲風猛然一吹，醒了，一切無不教我俯首稱臣，並慚愧得……「無地自容」！

現回想馬爾他那趟海中歷險，還不是任性的我咎由自取。數年前歐遊順道遊馬爾他一星期，某天乘遊艇赴一著名景點，行程中有半小時停海中暢泳。當時男友暈船躲甲板休息，我即不理好歹飛快「噗通」跳進海。心想：逾十年沒於深海游個不亦樂乎，難得碧海青天，瞬間變為小魚多愜意。身旁大嬸遞我救生衣，我卻不屑一顧：「自小游渡海泳的我，不用這些。」（唉，若你看到當時我那洋洋得意，定對續後的一切笑翻天！）

從船躍下一刻即忘我游、快活划，可恨暗湧緊隨於後。轉頭驟看，我才發現遊艇已縮成小點。嘩，及早回游為妙，但調頭「蛙」了十數身位，何解像

沒前進？再賣力游，仍進三步退五步！哎呀，暗浪拉我往後飄呵！原來於大海中，身如此的輕，連一個暗浪也敵不過。一下子瞎慌的我不禁咆哮：「喂，我要回遊艇呀，浪花不要把我再推遠好嗎？是這邊，不是海中心呀……」連番怪叫無非向大海強調「我多重要」、「你整個大海必須聽命於我，助我回去。」（唉，有夠自大吧！）

越發狂吼，心越亂作一團，當氣力所剩無幾才意識到自己多無明，大海還是懶理我這癡人說夢話，一浪接一浪的海水終狠狠把我颳醒！猶記得，登時心一揪、回過神，猛然懺悔：「我錯啦，無明愚笨得如此可憐，渺小人兒不敢再自傲自恃、不自量力還愛自命不凡，我受教了。」萬幸於危急關頭還來得及醒悟，下一秒心清，逐咬牙儲力游。當放下倔強硬性子，整個氣場頃刻變了，我漸懂放鬆且沉着地往小黑點邁進。最終蛙至乏力前總算能攀上遊艇。你知嗎，當跨上艇邊垂梯時，驚覺兩條腿狂發抖；爬回男友身旁，完全是面如死灰、魂魄不齊的喪態。他好奇：「玩太累嗎？面色怪怪的……」我沒能接腔，合上眼、心內嗚謝老天爺仍眷顧我這笨貓，給我拾回小命！

人呀，真要從教誨中長大：**我從不重要，放下小我吧，好不好？再近看今回的龍捲風，**

同在提示：「孩子，醒來吧！還要渾噩度日、貪瞋癡不絕、在人我是非中輪迴不休嗎？」看着門前被一分為二的千年大樹，我真的懂了！

不笑不開門！

昨天忽來風雨亂打，太陽逃得不知所蹤。唉，烏天黑地的日子叫人沉重，我的世界就此變灰暗了嗎？不對，我是自己世界的源頭嘛！外境如何，要麼受影響、要麼轉念？選擇在誰？頓時送自己寬心微笑，念一拐彎，繃緊心頭瞬間得以放緩；再一笑，愁眉開了、苦臉化了，前後三秒鐘間距，我的世界得以逆轉，真莫看輕「心念」與「微笑」的力量，能適時善用，果然能拯救地球！（一笑）

生活呀，這條路，誰不是走得磕磕絆絆？大家掀開家傳那本「難唸的經」，任誰也能吐滿一地苦水。你我他也曾經歷過身心疲憊的孤夜、一千次想過放棄，但總能於翌日醒來時打起精神、咬牙苦拼。無他的，縱然前路多坎坷、困境多黑暗、世事多荒唐，大家心底仍堅信「只要熬多一點點，生活再苦澀也能熬出頭來」！走着走着，任何荊棘苦難皆被你熬成胸前的徽章、熬成你人生豐厚的財富。大家漸學懂：**外境改變不了，就改變我們的「心」吧！**

這三年疫情影響下，各國人民時刻需面對不同挑戰，沒誰的路會比誰易走。別忘了，我們到地球村，不是來歷練成長的嗎？面對同一局面，有人氣急敗壞如熱鍋上螞蟻、惶惶不可終日；有人氣定神閒、處之泰然。世事頃刻幻變，時刻在考驗我們有否裝備好「轉念」與「內化」的真功夫。每當轉念技倆未調教到位，我必附加「微笑」這催化劑：一笑、二笑、三笑，旋即心鎖打開，面上聚滿紅光。往往當心境平靜放鬆，新點子自會湧來。事實上，那敞亮開朗的心境確助我撐過不少苦路。故即便泰山崩於前，我均持續默唸這金句為自己加油：**「以你的笑容改變世界，勿讓世界改變你的笑容！」**

而近日當各友好訴苦之際，我還是鼓勵大家加強正能量作「轉念」，同時緊記我這座右銘。外頭風雨飄搖，既然自己能力範圍內已盡責做好，便需守護好自己的心，以「笑容」改變世界，先由自己做起。有趣是，沒多久友人分享曰：「世界另一頭，原來也有人如你般積極鼓勵民眾多笑呵。」續後收獲一視頻，內容是：丹麥一超市，於入口處置一「笑容識別儀」，若前來顧客板着臉欲闖進來，超市那自動感應門是不會打開的。登時電視熒幕會提示顧客「展示笑容」，當他／她咧嘴一笑，大門即時為君開。於是，再苦瓜臉的顧客均瞬間盡展歡顏，位位步進超市的皆笑呵呵入內購物，你笑我笑大家笑，就此帶動開來，馬上變成

「開心超市」。

看畢這可愛視頻，滿心歡喜。幸各地「有心人」各施各法，望能令大家生活加點笑意添點暖；那我們更應時刻謹記，相互提醒：**「來一個笑」吧，世界定更美！**

以你的「笑容」改變世界，
勿讓世界改變你的笑容！

越分享越富有、
心靈富足

我從不富裕，甚至有一段日子捱飢抵餓到處漂泊，但骨子裏就是熱愛分享。從小經驗到的是：有一塊麵包，看你飢腸轆轆，自然要分你一半。縱然只在啃半片麵包，看你滿足着、歡心着，我微笑了；就是彼此甘苦與共之快樂與互愛互助，足令肚皮充實。

嗯，長大後體悟到：於大海內我這尾小魚，每當發放善念愛心或分享種種，大海內的弟兄姊妹，即時浸泡在溫熱愛海潮流中，而大家被激起的正念美意照樣迴旋擁抱我，感覺妙不可言。處於大海一體內，整體共存共榮、這當下愉悅「一家之感」是實在的，叫人倍感窩心！

生命富有，指的是心靈，知足者富。「心靈富足」往往與外在物質總扯不上邊，越是發心純正的分享，盪迴的越是無價，一切就這麼單純、簡樸而漂亮。

盡力學好「打不死」的真功夫，才更具免疫力

小時候常以為記性好是本事，可長大後卻聽到前輩說：「忘得掉才是真幸福！」亦曾聽說：「忘」比「記」難得多，「記」是聰明、「忘」是智慧！原來人大了，需調過來，學會「忘記」這本領，箇中像暗藏天大玄機。於我而言，或因十數年前腦子不中用之緣故，大多記憶竟自動流逝。每當新朋友問及兒時過往，我只支吾以對。該怎說？我只記得十七歲那年離家，在外獨自生活。十七歲前的記憶，模糊不清。

老實說，失卻部份記憶沒啥不好，尤其當你發現日常要記的「柴米油鹽」瑣事多至要命時，能自動刪除些記憶而騰出多點空間，不更划算！好玩是，每當親們喋喋不休在「想當年」，我總吐不出丁點分享。看我默不作聲，一回新朋友篤定說：「看你深居簡出，悠閒如仙，料必屬名門之後，或是生於玫瑰園之溫室小花。」當每字句飄入耳際，害我差點笑出淚水，席間我沒多作解說。是的，向來不慣把個人事如數家珍一一詳列。於紅塵滾動多年，經歷雖不少，但我屬報喜族群，辛酸往事，扛過即拋腦後，不愛四出報道。然而，我越寡言，

惹得大家越好奇，不時追問我的種種。

近日見摯友抱怨不絕，哭訴內容大概是：甚麼苦命女遇惡家婆、懷才不遇、人善被人欺等，她更愛標籤自己為世上悽慘人兒。見她呻吟老半天，忽爾思潮起伏，腦門驟開，湧出倒帶往事，我開始聽到自己聊起往事來……「那年才十七，為理想、為呼吸自由空氣，我毅然離家。奔出去方知世界艱難，但決意自力更新，怎也得死命撐！拮据時，睡過桌球室、地盤大水渠、尖沙咀海濱、公園、維園；刺骨寒夜的滋味，烙進骨髓。唸大學時，以補習學生家中的梳化為我家，『朝桁晚拆』又四年。投身社會後，拚命賺錢爭高職，一切人情冷暖、世態炎涼迫我一夜長大。孤身闖江湖教我學懂：再多的屈辱責難，無非助我自強不息，圓融通達。」

故事稍拋下眉目，摯友已淚目視我，我急強調：「各有前因，但我從不攀比或自憐，**明明就是老天爺給我學習與成長的必修課，所謂的逆境無非提供機會給我磨煉**。世上沒誰有義務賜我一帆風順的人生，盡力學好『打不死』的真功夫，才更具免疫力。我的人生我做主，對過往曾挫敗與打擊我的人與事，我是由衷感激呢！否則，風雨驟來，我何來招架之力。」

嘩，一下子口若懸河，原來富教育意味的記憶，自會靜待良機來大派用場。我遂鼓勵她：「**記憶嘛：美好的，留下、不好的，刪除；有用的擱起來……備用**。生活，要用心好好過，沒必要難為自己，笑笑吧！世界始終亮麗動人。」摯友終展笑靨，總叫功德圓滿。

感恩的人得出「幸福人生」，而抱怨的……

大師最愛以故事渡眾生，一天他跟門生分享一則生活實例。話說每年初春，一慈母例必攜兩姊妹上山，與大師聊聊軼事與請益。而某年見慈母愁眉不展，後獲悉她正為女兒操心。兩姊妹皆品性純良，可長大後卻漸見「天壤之別」。大師好奇下垂詢二人的種種，慈母逐開腔……

「時髦大姊於報界當記者，或許受工作影響，她每天睜眼只管滑手機，看誰在口出狂言？哪裏處事手法欠公道？誰跟誰胡作非為等。總之，雙目緊盯外頭世界，任何風吹草動便四出張羅，誓要以第一手資訊公告天下；愛批判天下事與管理世間的是非黑白。久而久之，人直像上緊的發條，一張嘴謾罵不休，抱怨東責難西。」大師聽畢慈母述說後看向正在滑手機的大姊，無不感慨：「芳華正茂，何以活出一副黃蠟面？額角青筋浮現、表情呆滯、嘴角下垂；相信是日子有功吧！」慈母感慨：「就是啦，看着已心痛。女子一怨便不好看，原來屬實不過！且她總像『頭頭碰着黑』，諸事不利這狀況更叫我擔心。」

大師看不遠處，小妹蹲地上與小狗正玩得痛快，問道：「那麼這個小的呢？」慈母笑曰：「小妹完全不像姊，雖只差一歲，卻仍像長不大。當個小學教師，不愛打扮、笨笨的，幸終日笑口常開，對一切際遇皆深存感恩，就是太單純，怕在社會易吃虧。」大師莞爾：「唉，慈母真不易做呵。」接續大師與她們聊了一個午後。

故事交代後，大師遂給門生以下開示：**感恩或抱怨，自當收穫截然不同的人生。感恩的人得出「幸福人生」，而抱怨的……將收穫「痛苦人生」**。當你日夜慣性在議論別人應該不應該、在審判他人對錯時，你的生命能量便浪費在枝流末節上；他人造業，自會因果自負，而自己是否安心自在才更值得關注。但若把焦點放錯，終日在是非堆中挫耗生命，常抱怨或不滿，只會令自己繃得緊張兮兮，心再難以打開與柔軟處世。要知道，抱怨就是負面的能量磁場，一聲抱怨，便是自己在道路上設下一個障礙；其實，人生很多的坑洞，原是自己不知不覺間、在抱怨下自設而成；在本來康莊的人生大道上「自設路障」呢！

只要一看清，把抱怨心轉換成感恩心，一切便得以逆轉。感恩心一升起，心漸次打開、淨化及柔軟下來，各種障礙得以漸漸化解。懂得事事感恩，各種助緣會越來越多，當善因善緣不斷創造，逆境也會被改變。簡言之：**抱怨的人生，越走越狹窄與痛苦；感恩的人生，則越發走向光明幸福；**一切明白後，大家是否應學懂如何選擇？

朋友們，由衷希望大家均能擁有「幸福人生」，那就一切從「感恩」出發吧！

「感恩」的心如冬陽，不只溫暖自己，同時也溫暖全世界。

感恩存摺

自從分享過感恩的人得出「幸福人生」後，一眾友好均同聲和議，可現實中卻知易行難。從人人漠然的五官組合，盡在申訴：「道理我懂，但於這繁囂顛倒、螻蟻競血的人世間，難免哀怨連連。要於生活中找到感恩事，倒比抽絲剝繭艱巨呢！」聽後心一沉，怎辦好？定要做點甚麼。要臂膀結實，你會舉啞鈴；那麼要學會感恩、壯大心靈、自然離不開訓練，對嗎？

剛巧六月的多倫多社區漸解封，我逐開辦「淨心瑜伽課」，靈機一動，何不來個活動體驗？旋即擬訂功課：「請各學員於每天摘錄五項感恩事。」一聲令下，鴉雀無聲，我得解說：「開始時或不習慣，要知道，大家活了幾十年，每天聽進耳的多是負面資訊，儲起來的記憶與潛意式盡是不愉悅的東西。現叫你感恩，像難以體會，這更反映心靈欠柔軟與一直看錯方向，故更應改革開來。正如疫情下，人人日夜鎖眉緊盯堆堆數字，然而，看着大雁空中瀟灑翱翔、路旁小花開得燦爛、天邊偶然懸着雙彩虹；這一切不是值得感恩嗎？只是我們慣性忽略掉。」

學員漸會意，我再強調：「不要少看此舉，持續下來，你的心將漸次打開；逐後回看，你會發現生活原來聚滿美好一面！」學員擔心：「但天天如是，何來五項？」「唏，可以主動創造嘛：如關心長輩、問候街坊、與路人打招呼等。總之，每天熱切發掘及創造五感恩事，以這正念開展新一天，不是充滿朝氣嗎？當中還可互相分享與勉勵，蠻好玩呢。來，不要讓日子平白流過，齊來以行動為自己加油。」

一週後看到各人功課，好不感動。感恩內容如：睡上香香一覺、寂夜傳來窗外蟬鳴、散步時綠草清新撲鼻、鄰舍送來出爐糕點、兒子分擔家務、失聯摯友終得繫上、活着已夠好等。事實上，每天經歷很多很多，但「不知不覺」的習性總讓樂事匆匆飄逝，一顆心依舊冰冷麻木。**懂感恩，常喜樂；幸福，就這麼簡單**。雖我常存感恩，但當每天摘錄時，體會全不一樣。而當看到一些冷漠的心，經這練習而變得開懷，這更使我要大力推廣。馬上廣傳各地摯友：「任何動作重複二十一日即成習慣，現發起全民運動：誠邀你與家人備好筆記本，未來三週齊天天摘五。試想想，若全家每天聚焦於感恩事，自然少了摩擦衝突，更能成就和諧家庭，世界定更美！」

一台灣好友聽畢後大表贊成，說這是「感恩存摺」，真貼切不過。每天聚焦為你的感恩存摺添五，三週後你定會「感恩」自己的努力；因回頭細看，閃閃發光的「感恩存摺」已滿載幸福呢。**當感恩變成習慣，幸福人生自不遠矣！**那就火速行動，大家齊來為各自的「感恩存摺」動筆啦！

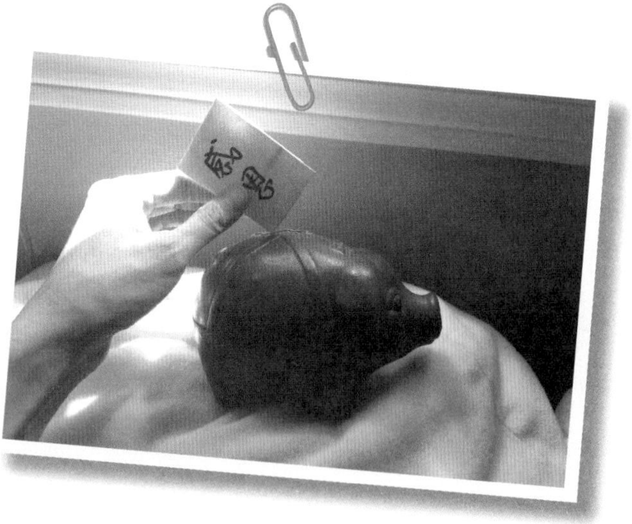

上天之美意

智者曰：「一切際遇皆有上天之『美意』，降臨你身的苦難有兩目的：一是敲醒你，要你『改革自身』，二是如孟子名言：天將降大任……」可當受盡極苦，還是會質疑老天爺。正如當年迎來脫軌的人生劇本時，心底不住狂吠：「我只屬平凡女生，甚麼大任／美意？我不懂！」誠然，**只要活着、只要在最沮喪時死命撐下去，「時間」這傢伙絕對能為「上天之美意」給出答案**，我這一等竟是……二十年！

鏡頭切至二〇〇〇年，當年與閨密興沖沖報讀瑜伽班，旋即深深愛上，多位導師更說我具潛質，鼓勵我精進深造。可當時我的唯一目標，乃事業上幹番成就，其他統共排次要之列。同年某天，老闆突說：「你勤奮拼搏，出色表現有目共睹。這是你的升職通知，晉升經理後要繼續為公司賣力呀。」當時我激動得熱淚盈眶，心想：每天睡五小時、日夜趕計劃書、時刻鞭策團隊……一切終得回報。沾沾自喜之際，老闆補充：「下週調你駐台北，開拓當地市場，你孤家寡人，沒問題吧。」原來要作開荒牛，我吞吐曰：「我，一句國語也不懂……」

他安撫説：「年輕人很快學懂的，放心。」

就這樣，在赴台航機上，趕緊惡補着街坊教我的國語「一到十」該怎唸。駐台不到一週，即要為同事作培訓課程，你應可想像我有多狼狽！比手畫腳，人人吃力消化，最後關心大家能否聽明白？答案竟是：「你的國語是『劉德華』式，我們愛聽呀。」喔，算過關吧！接下來的一年，每天在陌生環境下拼命適應與學習，深信比常人付出百倍努力，沒甚是熬不過的。一人在外，孤單疲憊時，幸還懂以瑜伽減壓，身心總叫可撐着。好不容易安定下來，竟遇癌魔來襲，被狠判剩半年生命，立馬撤離職場。哭過鬧過後，四出覓名醫不果，乾脆奔印度苦修瑜伽。當時只憑一股蠻勁，感覺對了便衝着做，或許是置之死地而後生……

轉眼來到二十年後的今天，疫情下稍一解封，即找緊機會為民眾開辦瑜伽課程。有別於過往以廣東話或英語授課，今回我需轉用國語；同時亦加插了靜坐與淨化心靈的內容，旨在助學員釋放壓力與培養正念。故連月來重操國語，設計循序漸進的章節，望能讓學員身心受益。某天放學回家時頓感豁然開朗，回想着上課時畫白板講解教義、向學員提問、操不標準國語……這一切似曾相識。當年叱咤職場，如今轉為服務社群；當年再忙也沒放棄瑜伽，原是為了今天要回饋世間。一切皆有上天之美意，候二十載……答案驟來，會心一笑之！

朋友們，若你正處於看不懂的「美意」關口，請不用焦急；只要常存信心，總有一天，你會和我一樣「大徹大悟」！

梵文應怎唸？

也許數月來埋頭教瑜伽課，思緒常不經意飛回十萬八千里外的南印度，那個我又愛又恨的第二家鄉。「愛」，全因當中所經受的人事物情，總給我溢於言表的溫暖窩心；「恨」，自然離不開生活上種種的不適應與上課時的艱辛。但總的來說，我還是由衷感激一切之禮遇。那天翻舊資料，無意中一筆記本跌落跟前，當看到頁頁端正整齊的梵文功課時，「沙朗」的笑靨頓從文字中躍出，她杏眼圓睜，銀牙頓挫地說：「我們那梵文的確難寫難讀，我教你一步一步來，是可學懂的。」沙朗生於印度新德里，被父母送來南印修習瑜伽，看她操流利英語，明顯出身不俗。

說回那梵文，一直惹我厭。我是來學瑜伽的嗎，何解要背寫印度古文？難道我會從中萌生睿智以達更佳的瑜伽修煉？見我怪叫質問，沙朗忙安慰：「要抄寫這些符號式經文，對外來的你們確萬無頭緒；但瑜伽源於印度，而我們祖先一直是以梵文記錄下來，大概抄背時能感受到特殊能量吧！」唉，反正是必修課，怎也得死命唸，務求考試合格便是了。善良沙朗不斷鼓勵：「不怕，我每天跟你溫習呵。」某天她興沖沖曰：「我想到了，用唱歌形式能助記入腦，來，跟我哼……」她果真為教我編了首梵文歌，內含重要詞彙。我勉強跟她哼唱幾句，雖搞笑非常，但我還是感動不已。

一天我好奇：「全班百多名同學，為梵文發愁的起碼過半數，何解你獨費心神要教我？」沙朗揚眉笑言：「哈哈，我是被你早前一個微細舉動所俘虜。」我狐疑着：「甚麼？快說快說。」她逐娓娓道來：「你還記得開課後首個週末夜，一群印度小孩來作舞蹈表演嗎？」我略有印象：「噢，是呀，那班六、七歲稚童當晚落力在跳呢！」

她續說：「那支舞我十歲時也練過，蠻多步伐須牢記，對小孩來說殊不簡單呢，且看他們應是首回公開表演，個個小面孔緊張兮兮。但對老外而言，多感沉悶，於是不到半場，已

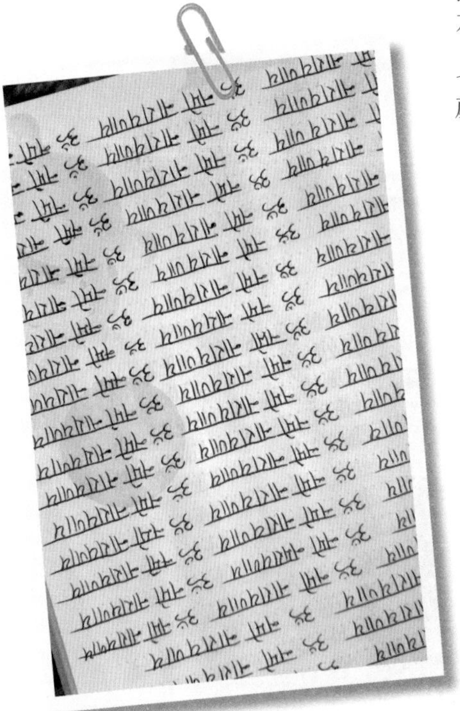

走掉不少觀眾，明顯小孩們神情難過。接續我聽到身後一老外曰：『明早還要四時集訓，這種舞不是我味兒，我先休息去。』隨即你急嚷：『我也不明小孩跳甚麼，但我們坐大堂正中，這樣離去必定傷他們的心，拜託留下來為他們大力鼓掌，小孩們定練了很久，怎也要支持的！』我即時偷偷看向你，雖當時仍未結識你，但你那認真表情叫我印象深刻。」

嗯，沒想到當時此舉竟助我倆日後結緣，而最後我亦順利通過了梵文考試。真的，善念自會迴向，現想起她那自編的梵文歌，仍感萬分可愛。嗯，**甚麼最能歷久彌新、長駐心田且適時來滲光補暖？……最微不足道的善行是也！**

盡情放聲「叫喊」吧

你有否試過夜半醒來，胸口像被堵住一塊巨石，厚壓壓的叫人透不過氣？任誰也懂說服自己以平和心態努力面前、歸零重來，但歷緣對境卻往往煩事鎖心頭。腦內盤踞不退的，總愛夜深人靜時來突襲脆弱的靈魂；於是徹夜雙目澀痛、眼光光全沒睡意，心中亂糟糟的不斷搬演往事、苦無出路。而當種種積怨沒能作適時疏導，則易於心底堆壓如山，微塵滾呀滾變小石，小石壓呀壓即進化為「巨石壓心頭」！唉，真莫看輕心底石頭，不時偷走寶貴的能量，此無形消耗更會持續挫耗我們的生命。

以上類近經歷我倒蠻多體會，該怎化解？從小我則愛到海邊來個「大喊大叫」，把所有悶氣鬱結借掏盡心肺的大喊，全往外拋。虛空大海總慈悲的給我點頭示意：「孩子，放心大叫吧，盡情把心中積壓送到我這裏來，清掉垃圾，回去再用心生活好了。」幸一直有這妙法助我丟石頭，每回皆能送自己「鬆綁」後重新啟動的拼勁，越戰越勇。因此，我亦不時鼓勵摯友照辦煮碗。當然，人人有各式方法發洩情緒，甚麼也行。最怕是很多人不以為言，到了壓力煲撐不住而一下子爆開來時，惟恐一發不可收拾！

而於疫情封城下，人人關家中閉久了，或許大家心中已儲蓄不少石頭。嗯，好應提供機會給大家來個暢懷「叫喊」。故新一期瑜伽課，便銳意選址於郊外進行。遂找來天堂勝景的草地，接連一人跡罕至的沙灘；那麼於每節課完結前，即可給大家來趟「丟垃圾」式大叫，就這一錘定音，付諸行動。猶記得第一節課來到尾聲時，同學們已興沖沖往沙灘奔。由於大家鮮到沙灘，一下子見水色清澈、晴空萬里，做過簡單站立伸展後即舒懷大叫，人人面上旋即添上靈光般喜悅與放鬆，證明此舉極受歡迎。

好了，到了第二節課，我勉勵大家再接再厲：「請專注明覺地進行每個瑜伽式子，給身體充份關愛；而最後到沙灘即盡情大喊呀，把所有負面情緒統統打包、丟出去，給心靈好好清理乾淨，這『淨化身心』一環才是每節課最大亮點。同學們要好好把握啦！」果然，最後見各人拚命向虛空大叫，暢快非常。一同學問：「老師，可多喊一回嗎？」我莞爾：「大家喜歡，自然可以。」另同學又來：「不如，再多一喊？」結果，大家忘我地大喊三回，最終見人人臉上聚滿愜意，我心更樂。

回程時，感恩不絕：都市人活於社會高壓下，蠻需要這類清空心頭大石的機會，幸忽爾冒出這點子助大家釋放壓力。喔，那麼趕忙的你，有找到適合自己的宣洩管道嗎？真的不要一直往內壓，易內傷的。間中來趟盡情喊叫實不錯，試試吧，倍感「海闊天空」！

「重回十二歲」之法力

近年見親們常為家事國事天下事發愁，倍覺無奈。教瑜伽課時，不難感到學員的「心」易被紛擾世事牽扯，面容常不經意滲着苦澀，真要想辦法呢。在印度時已久聞「大笑瑜伽」之威力，那何不於這亂世，將之融入課程，看看果效如何？果真……一切無不從「大笑」中得以逆轉。

笑，乃人所共知的最佳良藥；笑的當下令心情愉快，同時身體會產生「安多酚」，此天然止痛劑有助減抑鬱及增強免疫力。故多年來我一直提倡每天要大笑，但很多人就是不知怎笑開來。喔，於我這甚麼也傻笑不止的，自然難以體會，原來我沒提供「方法」要領呢。幸早於二十五年前，一名印度醫生有重大發現：只要配合呼吸法、連續笑十分鐘便等同做畢四十五分鐘有氧運動；而最關鍵的是「笑」孰真孰假，身體是分不開來的！因此，縱然沒笑的對象或原因，**只要持續做「笑」的運動達十分鐘或以上，身體自會啟動這「笑」鍵，懶理真假，同樣收穫大笑給身體的好處。**

不用分真假（「Fake it till you make it」），身體會照單全收，真的嗎？沒親身體驗，我是難以信服的。於是找了個鬱結清晨，對牢鏡子試練笑功：哈……哈、哈，像笑不開來呢，怎辦？洗把臉再來，嘴角朝上擠，嘻、哈哈……哈哈、嘻嘻，仍了無生氣；噢，忘了配合腹部呼吸發笑，再用力哈、哈哈、哈哈哈，漸略起變化。持續笑兩三分鐘後，不一樣了，心突然像有道枷鎖被解開，接續澎湃笑聲如泉湧，頭頂污雲一掃而空，心情頓感暢快。原來真是有方法的。歡天喜地的我笑彎了腰，鬱鬱寡歡的朋友有救啦！

像發現新大陸的我遂積極籌備課程，坦白說，一下子要木訥人兒放鬆繃緊面容，實非易事，故基本暖身與發笑小練習需到位。其實人人皆有笑這功能及可相互感染，給同學們鼓勵與信心便是了。為提高投入度，開始前先立令：「請同學輕閉雙目，把自己固有的身份地位、儀態尊嚴統統放下，現我們一同坐時光機回到十二歲，記緊呀，當再張眼便是十二歲孩童，要盡情玩遊戲與大笑呵！」

真莫看輕這心念，同學們登時盡展十二歲童心，全然投入大笑練習與集體遊戲中，瘋玩狂笑、活潑奔放，連古板死寂的銅像臉也旋即換上繽紛笑靨。此起彼落的笑聲劃破穹蒼，當大家發笑潛能一經啟動，直如萬馬奔騰，這更凸顯笑的魔力與效益，課後人人如沐春風，開懷多了。更好笑是，剛巧這節課選址於郊外進行，且剛巧有學員以航拍攝錄下來。一看，我心樂透，從天空鳥瞰這團小螞蟻，於拱形白石前玩大笑瑜伽，豈非正是一個大大微笑？嘩，原來老天爺才是「最高領導」呢！

你是奪目的石頭……加油呀！

夏日的天氣總陰晴不定，上一分鐘被熱情紅日吻得汗水狂飈，下一分鐘竟衝來烏雲蓋頂，驟感風雨欲來；有時光盯着瞬息萬變的天空看，已夠我樂不可支。某天心血來潮，於雨後漸露陽光一瞬，跟着感覺走進附近一小沙灘。雖說炎夏多倫多酷熱難當，可降雨後的海邊明顯涼了半截，走在空無一人的沙灘上，把自己的心交出去，吸着每口清涼冷冽的空氣；近日心中鬱結漸漸得以浮上來、呼出去，天地大海真能給我適時的慰藉，一下子心寬多了！

最近與些外地好友交流後，五味雜陳。各人的生活，直像電視劇中的主角，若不配以「高潮疊起」的章節，總像欠了點滋味。可處於難題堆中的親們不禁吶喊：「何解……偏偏選中我？」是的，任誰於人生路上被風雨突擊，原本順遂生活頃刻起巨變，心底少不免對穹蒼冒起這疑問。那年當我正前途無限之際，忽被所謂的絕症嚇唬，這問句幾近日夜伴我心！好了，當聽多了五湖四海的摯友各自不同的生活拼搏史，及回看小妹那「過山車」人生，給我得出一結論：其實老天爺大清早已欽賜了各人殊勝崗位，是你與我……擁有這特質才被委派差使；此非偶然，而是必然，因這是你我蛻變之歷程。

「苦、真的很苦，不知我能否熬得過？」、「何故人人生活美滿，唯獨我考驗重重，難關不斷，我已不曉得人生為何？」同一天空下，南半球的她與北半球的他竟提着類近質疑，背後的苦澀辛酸溢於言表。雖相隔千里，仍可感到其無耐與煎熬，但我還是堅信：只要一息尚存，咬牙拼過段段風雨路，必迎來姿采人生。而更重要的是，上天不會看漏眼、選錯人的，**你具有拼出頭的天賦才給你嚴峻功課，如今你艱辛每步，將會成日後苦難眾生的典範、各人學習的榜樣。**現階段不要消沉或執迷地問「為甚麼」，因這是徒勞無功在浪費心力。反而要立馬專注於修正自身、淨化提升上來，跳出陰霾，你會看到自己潛能無限！

上天選了你，只因要你於淬煉中成長，把人生意義與潛能發揮出來，回饋世間。當他日同路人跌落谷底，可借鏡共勉。故當你與他現正陷困境迷陣，需知道：其實是挑你入伍作這特種培訓，**你我他同被選中當「上天代言人」，把其大愛分發出去，日後給他人指路、為他人送暖！**如是看，我們更具存在價值，這生更要格外珍惜，不是嗎？

走在沙灘上，涼風送爽，心中卻湧起陣陣暖流。忽地撿起一別致石頭，你看，在整片沙灘、在萬千粒小石中，只有這奪目一顆被我選中！輕閉目、心在笑，石頭跟我同起共鳴：**感恩一切……感恩被「選中」！**

抱得不累嗎？

都說人類是最稀奇可愛的物種，這是我最近與些另類朋友交流後，歸納出的結論。現今新一代，大抵屬未曾捱過飢抵過餓的幸福族群，專愛把丁點憾事擴大如「世界末日」。把他們所謂的「大事」或「難題」，轉述予上一代前輩們，鶴髮童顏的長輩，多嗤之以鼻在慨嘆：「我們那年代以活命為主，如今你們像閒着沒事幹般，最大煩惱可能是不知到哪遊玩？時代有異，人的戰鬥力截然不同，真不好說……孰幸孰不幸！」

誠然，以往同是青澀的我，最愛找前輩指點。每每把疑難傾瀉一地後，智者只輕描淡寫分享其淒酸人生，一聽自慚形穢，從此噤聲、奮發自強。如今面對學妹問題，似曾相識，憐之不得又罵之不成。正如學妹A，最愛坐擁執念一堆，獨處時偏愛掏失戀憾事出來苦自憐。我不禁曰：「緣盡便應接受，生命列車只管『向前』，何苦把自己困於『過往』中白白消磨？」她緊執不放：「世上準沒比他更好的了，嗚~嗚~嗚！」

愛之深、責之切，看她永無寧日地耗盡心神，巴不得賞她一記耳光，力求摑醒她。我按不住直言：「存活於世，每天應有千百樣東西值得我們體會、學習與進步，兒女私情該佔你全部生命嗎？再說，事過境遷，哪有人為遠去一段裏足不前？當你在揮霍生命時，多少人正處生死關頭咬牙力拼，請自愛點。」A妹變得楚楚可憐：「我也深知執念成癖，但就是不懂放下。」快氣絕的我皺眉問：「你不懂怎放下？」

A妹用力點頭：「是的，真不懂怎放下。」這回到我感迷惘：「拿得起，自然放得下，還用問？」她歪頭鎖眉：「就是不懂……」呆半晌，靈機一動，邀她陪我到超市入貨。購好大袋五穀米與洗衣液後，立令她幫我拿穩。步出超市，忽想起忘了買雞蛋，「嗯，你抱穩購物袋等我回來。」十五分鐘後奔回，面色煞白的她氣喘道：「這袋越抱越重，我快不成！」我輕笑：「你抱多十分鐘，我還欠麵包呢。」

A妹差點眩暈，苦叫：「不好吧、好重呀，我可放下嗎？」我笑曰：「當然可以啦，還以為你愛抱着不放！」話音未落，她已擢一聲將袋放卜，盡情轉腰聳肩來舒展筋骨。我問：「累嗎？」「累瘋啦，手快斷呢！」我笑曰：「你剛才怎懂放下？」她仍未會意：「那麼重，還不放下，快沒命。」我莞爾：「來超市前，你不是聲稱不懂放下？」她漸弄清來龍去脈，默不作聲。我安慰曰：「**要提要放，決定在誰？開心積極笑迎每天、還是往死胡同鑽，選擇在誰？**下一回再緊抱執念不放，不妨想起這回超市入貨，自該了知……如何『放下』！善哉善哉！」

真正「放下」，方能得到「無限」！

瑞士刀之啟發

上回對癡情學妹A獻計，望她能幡然醒悟，從此善待自己。生活嘛，怎也是自己最貼身的「終身伴侶」，務必用心經營灌溉，才能結出纍纍果實。別過學妹A，又轉到學弟B的工作疑難上。B弟任銀行要職，屬勤奮向上的有為才俊，數月前側聞他欲另覓高職。某天碰面見他委靡不振，急問：「B弟，何解變消瘦，忙轉工嗎？」他抿嘴：「一言難盡。」我自然窮追不捨。

「最近市場上有不少新職位極具發展潛力，故我快速鎖定兩份心儀的，便趕緊備好美美履歷表，將市場形勢作妥善分析，再把專長及可為該公司効力之遠景演練多回；務求令考官刮目相看，以便『一擊即中』。」我隨即表揚：「嘩，看你所向披靡的眼神，新職位定非你莫屬。」可說畢卻見他眉緊鎖，我頓覺費解。

B弟解說：「噓，整過程只作網上筆試、續後接過面試電話。但對方只問上幾句便草草了事，最後一則書面通知說我落選。苦練多時盡徒然，連人事部主管也沒得見，自己敗在哪也不知情，叫人倍感錯愕沮喪。」「噢，那另一份呢？」B弟變回自傲說：「那份恰恰相反，鑾器重我，但各方面還是較我現職稍遜，最終只得推掉。就這白忙一場，多沒趣。」

為激勵頹然B弟，我遂提問：「你知『瑞士刀』何解百年來仍大獲好評？」一聊及刀槍，男子漢頓時活潑開來：「聽說此刀乃國寶，必具過人之處吧。」我開始陳述：「如今這刀已被數百萬士兵和民眾廣泛使用，連太空人也曾帶它進太空艙。而這刀之誕生，得從三毫米厚的鋼片捲筒說起：先以四十噸力道加壓鋼片，後作精準壓孔與切割，成型刀片逐放進龐大振動機中，給無數石頭及橡膠塊磨滑邊緣；再推至高溫熔爐中加熱，旋即快速冷卻，令其金屬變得更堅固強韌。而我想說的是：要成為傳奇工具，必先經得起負重打壓、熱烤冷迫。**當在滾筒內瘋狂轉動時，小刀片或不明究竟及叫苦連天，但欲成大器，確需熬過諸多的嚴苛考驗。**」

聰明B弟漸會意，我再分析：「其實你的努力絕沒白費，當你備好履歷、鑽研市場及職位動態後，你更清楚自己要甚麼。此過程無疑是加深對自己的認識和了解，故隨後能果斷辨識另一新工不合你身，這不是更上一層樓嗎？很多時走遠一點，才看得更清。」走着聊着，忽見一盆栽，我興沖沖曰：「你看，原來在盆內活得沉悶，奔出來才夠瀟灑，小可愛也奮力找自己的一片天……」B弟搶說：「對呀，經此一役更清楚哪工作適合自己，一切還真有意思。那我應購瑞士刀抑或種盆植物來慶祝好？」我笑道：「愚子可教，悉聽尊便！」

潮汐漲退皆欣喜

「假使那件事沒有殺死你，那麼，你會更加強壯。」此乃多年來我烙印心底的座右銘。每每夜不成眠，心頭絞痛時幸能抱緊這金句來定下心神；是的：沒盪來驚濤駭浪，試問哪有機會給我提升進化？深信我定能茁壯成長！故此服「鎮定劑」一直是我的靈丹妙藥。沿途我也毫不吝嗇地推薦此給親們，但光依仗些金句，未必人人能奏效，還是想多些具體方法作備用。

嗯，對了，除了借寫作、烘焙發放正念外，還可藉教「淨心瑜伽」、設計跳躍「能量操」，善巧地把正能量灌注入內。雖我向來強調瑜伽有益身心，但當近距離目睹些趕忙工蜂，根本連吃飯睡覺也要爭分奪秒來完成，瑜伽這回事頓成奢侈品，那就只好動腦筋設計些十分鐘的「即食」跳操：融入基本瑜伽式子，再配以動感跳躍激活心肺功能，旨在鼓勵大家怎忙也得動一動。

這招一出，果真大受友好歡迎，大家漸嘗到每天動動的好處；而近日再下一城，設計新一款健身操時，我銳意加強些意念動作，於是加插吸睛名號，如：「拋開煩惱」、「打開心胸」、「放鬆搖呀搖」……邊跳邊帶動正念，不是更見裨益？我的初體驗：光這十分鐘，汗飇下像來了趟「心靈大掃除」，旋即精神矍鑠。故更積極廣傳這「能量操」予四海摯友，大家跳一跳，真能身心兩相安！

好了，說回我每週的淨心瑜伽課皆選址大自然與沙灘中進行。一方面令同學們可遠離塵囂，故無論是瑜伽伸展或靜坐養神，當置身濃密樹蔭下被滿滿酚多精籠罩着，大家皆能盡享大自然的療癒力，不消一會即悶氣全消。而另一重頭戲，便是每節課尾聲時的「對牢大海盡情喊叫」，試想像：能把一週積壓心頭的憋屈煩躁全丟給大海，不知多舒坦。因此，每回下課前領着大夥兒奔沙灘竟暗地成了我的樂事。

記得一回，當走近無人沙灘時驚覺平日寬敞沙地竟少了一大截；過往的風平浪靜竟頓變波濤洶湧、清晰水色卻混濁不堪。當我正滿臉茫然時，一同學深明大義曰：「潮汐漲退乃天地的自動調節，下回又會是另一番面貌，不必犯愁。」聽後豁然開朗，接續照樣帶領同學在沙灘上大喊大叫，逐完美收工。

回程時，不斷反芻潮汐漲退一幕，今天混濁與明天清晰，皆離不開流動變化之理！**人生不同段落，有波瀾起伏、風高浪急之際，但同樣也有歲月靜好之時；**天地如是、海灣如是，人生何曾不如是。若你剛巧心靈動盪與不安，請先別急，因風雨過後必有彩虹！現提供方案予君選擇：對牢虛空大喊叫、跳操動一動，或心中默唸這金句：**假使那件事沒有殺死你，那麼，你會更加強壯！**但無論你挑哪方案，請堅信：明天定更好！

狂風暴雨、雷電交作，明媚艷陽還是會來！
大自然規律，法爾如斯……陰晴皆自在！

風雨過後必有彩虹

當那句鏗鏘有力的座右銘：「假使那件事沒有殺死你，那麼，你會更加強壯。」一出，摯友們紛紛拍案叫絕，大家揚言必抄下來作「護身符」。未幾，一友好提問：「風雨過後必有彩虹。哪有？我生平見過的彩虹寥寥無幾，那有像你說得理所當然？」嗯，對呀，我所謂之「彩虹」……不一定是浮於空中才算的呢！此言一回，他更懵啦！這也難怪，在我發現「彩虹處處」之前，我亦如他那樣：只把掛天邊的七色拱環才認定為彩虹。其實是自己狹隘的認知與短淺視野把一切固有化，「歸零」重來，自有新發現。這一切還多得數年前的一趟歐遊，於馬爾他的一週漫遊，給我見識到「另類彩虹」。

或許你也有類似體會：遊過一地再一地，甚麼名勝古蹟大多只贏得你一時的讚嘆、嘩然及「到此一遊」式拍照留念；但當中不經意穿插着的人事物情，倒更難忘。於馬爾他乘遊輪赴著名景點「藍色石窟」的片刻回憶，就是如斯的讓我再三回味。猶記得，那天登觀光船時，甫入座，身旁洋妞即樂呵呵跟我打招呼。聊呀聊後，竟得知她同樣來自多倫多。天底下竟有如此巧合，已叫我倆笑翻天，隨着彼此鬧哄哄的笑聲，遊輪已在沁涼剔透的藍海中朝石窟飛奔。置身湛藍晴空下，人人臉上像灑滿金光，彷彿置身天堂。

「Wow, Rainbow!... see... Rainbow!」忽爾洋妞興奮嚷叫。「真是呀，彩虹……你看，這不正是彩虹嗎？」我雀躍得邊拍男友肩邊重複喊着。原來隨着每個船身破浪激起的水花，身後的陽光剛好照射出美艷彩虹來，這確實跟平日看到懸半空的沒兩樣！男友笑曰：「但凡空中的小水滴於某角度被光照射，便自然能折射七色，正如瀑布前不是常有彩虹嗎？小見多怪啦你。」我聳聳肩後仍酣醉於跟前那小發現。接續十來分鐘，我跟她頓變小孩，道道於船身泛起的「彩虹」叫我倆看至走神，瞬間的升起消散、升起消散……我竟感異常震撼：**彩虹處處，幸福滿滿；原來是我一直沒注意到罷了！**就這樣，一段簡單不過的航海歷程助我眼界大開，我逐把這「浪花彩虹」鑲嵌心底。與洋妞分道揚鑣時，順勢祝福她「要過彩虹每天呀」！

自那天起，我對彩虹這回事有了嶄新體悟：**風雨驟來又如何，彩虹一直在我心中，這是我早為自己決定好的。**陽光一直俱在，只要心是透明，就能折射希望，就能折射出七色彩虹！善待生命中每一境遇，心念強大、以正念於每一「當下」播種善因。當下的踏實感已叫我心安，「安心」大概如此！

因此，常保心靈清晰透明、沒甚污垢，**「歸零」的心自然時刻皆可折射亮麗彩虹，「風雨過後必有彩虹」**，哈哈～這同是我一早決定好的！

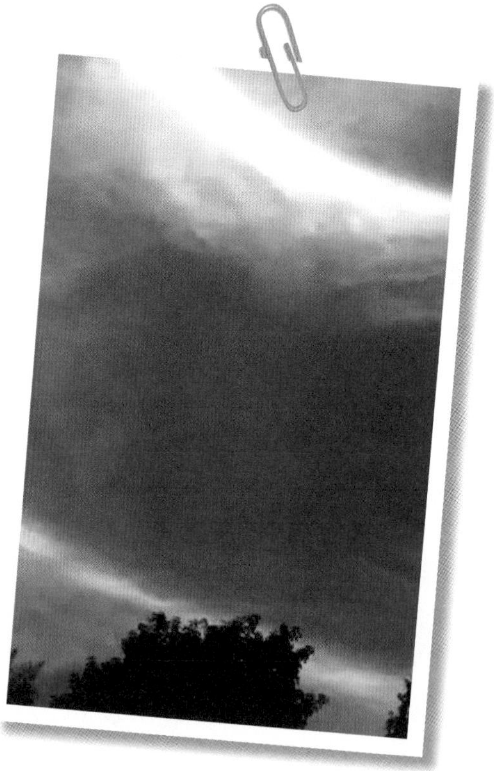

迷時，一無所有；悟時，一無所缺

近日與一學員的研討，着實發人深省。課題是世間的物慾追逐 vs 出塵的無欲無求。她剖析道：「不需要榮華富貴或物慾追求，回歸簡單生活，是我一直嚮往的。然而，有時像分不清，究竟是自己真正蛻變至『不需要』；還是在自欺欺人：因為得不到才換個調子來告訴自己不需要，但內心深處還是蠻渴望的呢？」

聽畢她的真情剖白，我鼓勵曰：「大概從懂事以來，你我只管力爭上游，於物質世界內不斷競賽與攀比。世間確立之榮華富貴，人人趨之若鶩。故一下子要返璞歸真，談何容易？一切學習與成長皆有過程，現階段你能深入觀照到自己的內心，已很不錯。」她抿嘴否認：「我又不是說我屬蠻渴望這種，只是分不清而已！」我笑曰：「俗語云：騙得了別人卻騙不了自己。若你已進化至此，自然沒以上疑慮，一言一行盡當展現『無所求』之境界。反而是覺知到現在定位，如實面對便好辦。因只要認清方向，努力向正途邁進便終能達標。」她同意道：「是的，寧願真的醜，不要假的美！知道有距離，才更能勉勵自己。」

看她能信心滿滿地繼續前進，極感欣慰。而當我再細看那金句：**「迷時，一無所有；悟時，一無所缺。」**滿是感慨；於這迷悟間，我何嘗不是一步一腳印走過來？話說向來屬「手袋控」的我，在職場時習慣追趕名牌包包。工作壓力大啦，購時髦包包來減壓，無可厚非吧。無奈移居加國後，我已沒甚麼工作負擔，可陋習成癖，仍愛手癢癢地沒甚因由也置一兩款。

一回打開衣帽間察看，天呀！好幾個簇新包包尚未開封，仍一味的買買買，罪過也！甚麼是「貪得無厭」？當下看着包包們，登時漲紅了臉，日夜忙鑽廚房的我，試問拿名牌包幹啥？要知道，**我們的貪欲直像無底洞，地球嚴重的環境惡化，無非是人類物慾橫流之後遺症；**自己原來竟不知不覺成了幫兇喔！這是數年前觀照到的自己，從此立誓痛改前非。

好笑是考驗還常愛突襲，日前男友問：「你心愛的名牌包網上開倉，多年沒送你，要嗎挑個作聖誕禮物？」他旋即傳我資訊，瞥一眼、不禁發笑。時款那個跟我躲衣帽間的，分別只差一丁點，但價格則飈升幾倍，這便是世間推陳出新的促銷攻略。地球已千瘡百孔，我若再盲目買、舊的任意丟，徒增垃圾廢物，該當何罪？我逐開腔：「上萬元的名牌包與我現慣用百多元的的帆布托特包，還不是用來揹東西，究竟有何差別？省下買名牌的錢，捐予利益眾生事項上，不是更普世歡騰？」他笑言：「看來你果真已進化，可喜可賀！」我莞爾：「是的，一無所缺，感覺多自在！」

生命的「富有」指的是「心靈」，而非金錢！
知足者富，不是擁有很多，而是需要很少！

給力「笑笑」大頭貼

在連月封城下的寒冬多倫多，幾近每天往窗外看，盡是灰濛濛一片。不是外地友好提醒已春節，被關久了，真不知今夕何夕！早前收到「大笑瑜伽」始創人傳我美照，馬上被他手持的卡片抓住瞳孔，上面寫着：「I'm a Daily Laughter. Did you laugh Today?!」於沉悶日常像閃過一道彩虹，自己忽爾笑出聲來，不自覺於心底重複唸這標語。哇，多麼的有力。

笑一笑，靈光乍現，旋即立馬跟着做：找來摯友們的玉照，仿傚做張心意卡送各人作新春禮物。就這半天內，忘我地做了逾三十張，先為長者做好；因當我看向外頭灰天一片也感沉甸甸，試問長者會否易鬱結？還是先給他們多加鼓勵吧！長者多不諳英語，故即改為「您今天笑了嗎？」建議他們拿這「笑笑卡」作手機屏幕，每當對牢手機看，便自我提醒一番，那必是「給力」良方。

雖則做至頭暈目眩，一邊做仍一邊笑，因想到眾人收到時皆嘴角上翹，自然倍感高興。我遂建議大家照樣做給各自朋友圈，可有人感喟：「就這便能掃走壞思潮，豈有那麼簡單？」

當下的我像被石頭重擊，可這卻擊出一幕於北印浪遊時的窩心片段。我得說故事了……

「那年於北印達蘭薩拉短居兩週，每天最愛到寺廟蹓躂或茶居嘆酥油茶，幻想自己重回西藏。記得某天收到一壞消息，心情旋即墜谷底，於是一口氣直奔寺廟、一股腦頹坐石階上，寄望僧侶頌經聲與陣陣藏香能助我跳出迷陣。呆坐良久，仍感心頭麻痺，當時的我定是滿臉愁容，否則不會招來一老伯走近慰問。「小姐，看你久坐動也不動，臉拉得長長……世間沒甚麼大不了，不要想太多。」老伯熱心力勸。

一看便知是藏民老伯，光從他爬滿臉上

的皺紋，估計已近八十，他漸笑談生活軼事，企圖逗我一笑，可悲情的我着實沒恁反應。接續笑盈盈的他自胸前口袋掏出一包甚麼來，誓要跟我揭秘的眼神叫我倍感好奇，他緩緩掀開層層疊疊的白布，最後小心翼翼的分我一半，看他遞我有如全家寶的那塊「乳酪」時，滿腔苦澀的我竟按不住「咔」一聲大笑開來！嚼一口鹹香乳酪，心情好多了，真多得那法力無邊的乳酪。多年下來，老伯的笑臉一直長駐我心。

當哪誰被捲入抑鬱泥沼時，可能途人一抹暖心微笑、熱情老伯一塊乳酪或遠方送來的「笑笑卡」，能贈予無比力量。哪怕只有萬分之一的可能，我仍樂意先做好這準備！摯友們聽畢故事漸會意，未幾收到款款創意「笑笑卡」，教我滿心欣慰。我持續激勵：「春節良機，大家齊來為朋黨長輩做『笑笑卡』吧，讓這雪球效應滾動開來。**切莫看輕任何微細善行，往往直如孤夜的一盞明燈，自會適時照亮他人的生命。**」

歡心一笑、喜悅一笑、發自內心一笑，
時刻感染四周，溫暖一切！
天天多笑，世界更美妙！

一口井──「愛」的泉源

最近於讀書會中論及一重點：「若你覺生命中欠缺『愛』，不要抱怨、不要等誰來施予；自己先來創造、化身為『愛的泉源』，從自己散發出去。**宇宙磁場直如相向『回力標』，當你越流露『愛』，越回收更多**。就是越分享、越富有之理。」有些同學滿臉錯愕：「明明我就欠奉，連自己都沒有，還說甚麼分享？」想了想，這正是何故不少朋友內心較為封閉僵硬、感受不到「愛」，正正如我當年一樣……走錯方向！

嗯，原來有些人的出身是利於闡述要旨的，我年少時流浪牧民式的生活，無非助我現今說故事。正因自幼離家，下意識總覺缺乏「愛」，從沒感到「家」的溫暖促使我四出討愛。任性霸氣下不斷嫌棄當時的男友們：這個不夠細心、那個不夠好。結果換男友如衣服，任誰再千依百順地疼我，總填不滿我心中的「缺」！猶記得那時稚嫩的我每當感到不對勁時，最愛對牢虛空提問，來到某夜寂寥星空給我一大回饋：「會否方向弄錯？要找的不在外頭，往內找吧！」

猶記得，當時我恍如夢醒，漸開始循生活中細意探索。那時即使工作再忙，我也堅持每週到醫院作善終義工服務。雖間中真的累至不行，但總熱衷探望這群沒親人的病友，就是簡單閒聊、陪他們吃飯、聽聽他們的心聲；每回步出醫院，竟有說不出的喜悅、道不盡的「愛」聚心頭。相信就是這種種：他們眼中流露的「愛」與他們手心傳回的「暖」直達心坎，不知不覺間填補了我一直自以為的「缺」。

續後機緣下聽聞「六祖」開示，「本自具足」四字叫我震撼不已。源於錯誤的觀念，一直以為自己欠東欠西，而不明瞭我乃

天地父母之兒女，天地養我育我，我自然便是其「愛」的化身。過往不住向外索求與抓取，原是給我驗證衝錯方向罷了。我逐感受到自己像「一口井」，把焦點往內移，打開心，這口看似乾涸的井漸漸與天地連線，湧出清泉，當民眾前來取水，水則通過我這「工具」傳給他們；直如天地大愛同是透過「我」廣傳開來，當下已感受到源源的愛包裹着我。四周無明眾生就像過往的我到處覓愛，當大家與我繫上時，所需民眾取水越多，更令泉水加速地流動流通；我這口井的大愛越湧越多，從大家的心靈回饋讓我真切體會你我本一體，大家頓時浸泡於大愛中，這不斷累積的心靈富足像隻無形大手熊抱着我，叫我萬般窩心。

攀過深谷暗溝，於歷練後回家，讓我歸納出這顛簸不破的真諦：先把自己化身為「愛的泉源」，無我無私地傳播愛。做着做着，自能體會何謂**「既以為人己越有，既以與人己越多」。越分享，真的越富有，全因你我本一體！**

活出神聖生命，
無我無私服務大眾

一個人的視野、心胸沒有打開，即持續躲井底作稱王稱霸的青蛙；直至某天從顛倒夢想中醒過來，參透到大自然時刻所呈現的——真的就是「無常」、「無我」、「無私」的特質與精神時，才幡然清醒。誠如一朵花、一棵樹、一尾魚同在靜候良緣來為我講經説法，只是愚昧無明的我呀，不知蹉跎多久才漸看清這法爾如斯的真理實相。

深觀大自然，萬物各安其份地配合運作着，全然發揮生命意義來合力建構這和諧大家庭。而我這小魚，同樣被置於大劇本內，奉命履行我的天職；因此，與小花大樹、日月星辰看齊學習，只管於存活每天，用心把跟前小角色做好，時刻敞開心扉盡力服務。當好每一個小站崗、小任務，於願足矣！

甚麼是「無堅不摧」的使命感

移居加國多年，每逢深秋，華僑長輩常熱衷邀約去觀三文魚產卵，可我總笑言：「始終不懂：到溪邊看三文魚產卵與到產房看大媽誕娃，究竟有啥不同？」長輩拿我沒轍，故這類盛會我一趟也未曾參與。有趣的是，若有要事需你領受的話，確實怎也逃不過。十月底趁寒冬未至，為抓住楓葉尾巴，我與男友於十月最後一天便備好行裝遠足去。環山走呀走，漸聽到低地傳來潺潺流水聲，但不時夾雜些「噗通噗通」的撞擊響。好奇心驅使下，我們循聲浪急步覓尋，最後來到一低窪溪畔。

「嘩，好大好大條魚呵，牠們幹嗎跳得那麼兇、在鬥水嗎？」我追問男友。他送我白目：「三文魚逆流而上產卵呀，鬥水？你白癡少一會好嗎？」我張大嘴喊：「這是傳說中的三文魚？不是要報團才可看到的嗎？」男友好心說：「於這時節的安省大小河床，均可看到一群群三文魚洄游，牠們要回歸出生地繁殖下一代，以完成一生的使命。」生平首回近距離目睹，我蹲河畔盯魚群看得入迷。當看到兩三條幹勁十足的向上逆游時，心中湧着莫名激動，因同在感應到其堅韌的生命力。陸續再見一兩條尾隨的在徘徊進退，明顯乏力非常。我急問：「牠們怎麼了？太累嗎？」

看我瞪大眼像學童等大人說故事般，男友只好充當老師來解說：「每年深秋，成熟的三文魚從海上洄游，沿牠們出海的路線逆游至其出生地產卵。從離開大海一刻起牠們便不再進食，拚命越過急流險灘、水壩瀑布，奮向目標前進。產卵地一般是水面開闊、水流平緩且陽光充沛的溪澗或峽谷。三文魚到達產卵地後，不顧疲憊，開始成雙成對在水底挖坑，產卵受精；於大事已了後，雌雄三文魚都會因筋疲力竭而雙雙死去。這第一次也是最後一次的『回家』之旅……全為完成『繁殖後代』這畢生使命。死去的三文魚將作為來年孵化出來新生小魚的食量，這便是『以死續生』、大自然生生不息之道。」

聽畢三文魚的故事，內心不禁滾着熱流：「儘管路途艱辛或已撞至遍體鱗傷，三文魚回家繁衍後代的決心仍像燃燒火炬般銳不可擋；好偉大的雌雄父母呵！」看着跟前疲憊的牠們儲足能量後一躍而上，踢得水花亂淺，心中為之默默打氣。哇，普通魚兒竟內置生命時計、配以精準導航儀、更重要是其不朽的使命感與頑強鬥志，一切無不彰顯大自然中萬物之奧妙；這統共是自以為聰明的我所難以料及的。

一下下的噗通噗通勾走我魂，看着聽着，熱淚已不知何時靜靜滑至腮邊。幸能親歷這場生死教育，見證其無堅不摧的使命感……生命何其神聖莊嚴，敬三文魚是也！

感人「五月雪」

「落紅不是無情物，化作春泥更護花。」從小聽這兩詩句，只覺詩情畫意，鮮有用心細味。續後在一些歌曲中隱約看到類同的引用，竟下意識將之歸納至男孩哄女生的小情趣；唉，真夠稚拙小笨的我呢！來到近日從一師兄分享中，忽爾再聽這兩佳句，才洞悉箇中的深邃寓意。

台灣省有所謂之「五月雪」，於每年四、五月期間，便是桐花盛開的季節，俗稱「桐花季」。環山遍野的桐樹開滿大大小小的桐花，而桐花會一直飄落，片片桐花紛紛以漫妙姿態輕盈墜落，瞬間把整片大地染得皚皚雪白，此「五月雪」仙景堪稱與日本櫻花同等美艷。依稀記得我以往居台時也見識過桐花美，但就是從沒想過：何解桐花會不停、不停地飄落呢？

幸今回師兄給我娓娓道來：「你先要了解桐樹是雌雄同株的，即是樹上有雌花亦有雄花，它們在樹上傳遞花粉，開花是為了要授粉嘛。雌蕊受粉以後，下一步即結成一個個油桐果。而結果就需要更多樹木的養份，可樹上養份不夠用，你猜怎辦好？」我聽得入神卻完全摸不着頭腦，接着重點來了。「雄花就會自動飄落、離開樹，把所有的養份……留給雌花。所以掛樹上的桐花都是雌花，而鋪落滿地的盡是雄花！人們欣賞桐花季時，只看到花之美，卻說不出背後的因由。當你了解後再看桐花時，就會被雄桐花飄落而感動。這就是生命動人之處：為了下一代的成長，它是可以犧牲自己，飄零落地！這就是愛，是生命。生命一定要傳遞下去，於任何困境中，它都必須被祝福與繁衍。」

聽畢這動人解說，我更是感動無語，師兄語重心長補充：「落花離開枝頭，飄落泥土中，不是生命的結束，倒是精神的昇華。雖不能繼續綻放枝頭，吐露芳香。但卻奉獻自身化作營養的泥土，滋養着千千萬萬的小樹苗茁壯成長。『落紅不是無情物，化作春泥更護花』，大自然具有大智慧，無需人為造作、無需命令主宰。小小雄桐花已了知自己的崗位，為大局相輔相成。大自然的循環裏處處凸顯着無比殊勝的『生與死』。」

嘩，想不到小小花兒背後竟藏着如斯動人的深意。對雄花而言，簡單的墜落、把養份留給伴侶去結果，自己化身春泥長養其他眾生；又或是助小油桐結果，其「處下、成就」大家之舉乃天經地義之事。自身消散逐成為新桐果的一部份，於大自然這大家庭中，生命只是不斷之演變繁衍、循環流轉的過程，惟我久未理解而已。

嗯，感恩這「五月雪」，給我上了感人一課。何謂「不生不死」？大自然中時刻皆在呈現這真諦，「用心」好好參悟自當領會。

生命是永恆的，它只是不斷地，階段性的變化、變化、變化……

我的「白馬王子」

每當身心被世事纏至頭暈目眩時，跳進大自然即能悶氣全消。無論步於茂密葳蕤的林木，或聽聽流水潺潺、蟬鳴鳥啼，總叫人賞心悅目；難怪你我漸得出結論：世上最有效的治療師莫過於「大自然」。多年前聽聞大德開示：花草樹木時刻「以身作則」、無言示現「無我無私」的偉大特性；故效法大自然逐成了我的志向。忘了從何時起，但凡奔進大自然，常被一獨特樹木抓住瞳孔，於整遍綠野中惟其閃爍淨白的樹幹奪人眼目。我總愛自顧自跟他打招呼：「唏，我的『白馬王子』，感恩你待這裏點綴綠林，每回見你總覺格外親切，我要學習你時刻點綴世間呢！」

我呢，向來搞不懂花草樹木的雅號，縱然鍾情「白馬王子」多年，也不曉得其底蘊，直至五年前走訪立陶宛，才真正得知他原來殊不簡單。猶記得那天跟立陶宛摯友遊郊野，瞪眼見大片叢林中聚滿我的白馬王子，傻瓜我歡天喜地在嚷叫；摯友清楚我對大自然的認知實屬貧乏，故邊暢遊邊來給我好好授課。「你那白馬王子名為『白樺樹』，從古以來普遍生長於俄羅斯，我們自小也受益於他。」摯友一開腔我已像着了魔，遠道而來又碰上我的至愛，一切的巧合無非助我長見識，我更聚精會神地洗耳恭聽。

「白樺樹可吸附空氣中的微塵，是淨化空氣的功臣。從樹皮提取的白樺油，可作化妝品香料之用，木材亦可造膠合板。正因其皮下多含樹脂，所製的蠟燭易點燃亦可散發香氣，因此向來大受歡迎。而嫩白樹皮更是古時男女用來寫情信的呀，故白樺樹一直被視為愛情的象徵！」哇，既實用又浪漫的白馬王子喔！摯友補充：「他亮麗閃白，光站叢林中已暗地起妙用，是我們古時牧羊人的路標呢。還有，現今超市內不少飲料是源於你的白馬王子，真莫看輕一棵樹的價值。」

真的，白樺樹每天盡在發揮生命意義，於存活分秒也在為地球「加分」，那我呢？心繫白馬王子，更要「見賢思齊」，自此於筆記本內摘下努力方向：（一）如白樺樹散發酚多精淨化空氣；我走到哪，也要散發正念與慈悲大愛（二）像他扎根大地頭頂青天，吸收天地能量；我要打開心每天成長、不故步自封或得少為足（三）像他潤物無聲、柔軟處下；只管默默耕耘、奉獻付出；不求人短、不論人非。總結：每晚睡到床前，以「三分鐘」自省一天下來有做好這三要項嗎？今天做過哪些具意義且利益大眾的事？今天有虛度白活嗎？**一天沒虛度、一生必如是……若今天有點欠奉，明天更精進便好！**要效法白樺樹，便得緊循此約章，我一直做得滿心歡喜呢。再次向「白馬王子」致敬，互勉之！

拿我去好好用！

一名小學生正忙做作業，題目是「如何推銷新款壓力鍋」。路過的我被追問意見，只好提綱挈領道：「將其多功能與特點交代清楚，尤其過人之處。得強調核心：就是生活上何解此物『不可缺』，那自然人人爭着要。」小朋友高興回話：「多得姐姐指點推銷大法，肯定作業拿滿分呢！」我莞爾，不禁自言自語：「回答得流暢自如，我何時學會這推銷本領？」從記憶庫中翻箱倒櫃，嗯，原來是從自身煉就出的經驗之談。哈哈！當年要推銷的竟是自己那「小命」，對象即是「老天爺」。

那年絕症找上門，對當時年輕有為且事業有成的我，一切來得荒謬怪誕。氣急敗壞的我多回對牢穹蒼嚷叫：「於這繁花世界，還未認真闖過就要我草草離場，怎能服氣？是否弄錯？認錯人是嗎？」可恨沉寂灰天，任我哄上一輩子也沒回應。看着生命時計在倒數，心底忽響起一聲音：「玩過淘汰賽的該清楚，要保崗位，誓必具過人之處，那你能為世間貢獻甚麼？」

喔，頃刻變清醒，腦內快速倒帶：自懂事以來只管力爭向上的我，為功名利祿日夜颷、對地球只懂索取、自私自利式享樂、還不住揮霍與抱怨；活那麼多年，我曾為地球村貢獻過甚麼？一下子嚎啕大哭、打從心底放聲決堤大哭……我錯了！哭至上氣不接下氣，頭腦卻竟清晰開來。洗把臉，拍拍胸膛，先來一百八十度大翻身，熱剌剌喊出辛辣一句：「小妹具多功能，拿我去好好用吧！」接續，立馬給老天爺長長列表作強勢推銷。

「擅長說故事，給我紙筆，可寫滿散文札記；另外，可幫大嬸回家書、助聖誕公公寫卡片、充當南宮夫人解情困。街坊要強身健體，我可陪爬樓梯、教瑜伽。主婦們為三餐發愁？給我圍裙：速來美食教學作新菜示範。住院耆老頭髮如雜草，給我梳剪理髮去。那誰腰痠背痛，我按摩即到。而過人之處呢：為人耿直善良、重承諾、夠義氣；大賣點是惹笑非常，哪社團死氣沉沉，放我入內，自能逗得坊眾笑聲四溢。有我在，必為地球『加分添樂』。老天爺，以上簡約概述，十方哪可効勞，就拿我去用！」

原來推銷自己也蠻好玩，或許置之死地而後生，或許上天果真被我這員工說服，生命合約得以續期。而從不斷投入各服務中，我從原先目光如豆的只為自己，逐漸演變成「容天下於心懷」，**原來當「無我無私」地服務他人，當下心的喜樂富足才是一切快樂之源。**從此方向如一：**不為自身求安樂，但願眾生得離苦。**

喔，就這一直滾動至今，現忽地憶述那「自我推銷術」，仍感搞笑非常。「拿我去好好用！」就這麼簡單；人生，其實真的可以很「簡單」！

「無我無私」地服務，當下「心」的 喜樂富足才是一切快樂之源。

活命竅門

都說上天把我留下，一定會有好安排。回頭細看，以自身經驗輔助患者，我被置於這崗位已近九年。雖像在協助病苦，更多時被感動、被啟發的獲益者……原是自己。助人自助，箇中微妙的互動牽引，總教我感玄之又玄！

記得一回跟重症們聊及生存意欲時，赫然發現原來很多人是沒明確「目標」的。一再追問，A伯B嬸C姨竟異口同聲道：「沒甚麼……」、「從未想過！」、「仔大女大，真像沒甚目標……」我不禁怪叫：「人生就這樣嗎？生命彌足珍貴，應隆而重之，何解回答得像生無可戀、可有可無？」瞥見位位生活枯燥乏味，這才糟糕。我直言：「頑疾磨人之際，若沒鐵定目標給當事人緊盯着，試問拿啥來燃起拼下去的鬥志？」空氣頓時凝住，我只好鋪陳往事，遂附上那「自我推銷術」供大家參考。

故事說畢，我興奮補充：「試想想每天睜眼，即盡情發揮生命意義，忘我地投入於熱忱要項上，你會發光、展翅高飛呵！而自身毛病或問題漸變得沒甚了了，因你會發現：幹喜歡的事時動力無限。」A伯皺眉曰：「聽你描述確相當吸引，但我們一把年紀，就是這『無所事事』才致撩不起甚麼火燄來！」我逐轉換方式強調：「我那些所謂多功能，盡是病後才漸次啟動的。人人皆有無限潛能，只是從來沒用心發掘而已。不要劃地自限，若真沒明確目標，可先從義工服務做起，也算是跨出第一步。」

B嬸搭腔：「是呵，見隔壁老太每天晨起到教堂當義工，八十有多的她仍像稚童般蹦蹦跳，一直奇怪她哪來多精力？也許就是你所說的甚麼熱忱事、發光啦！」我笑曰：「正是呢，很多時當個小差事，**越是沒所求的奉獻付出，越能收穫無比快樂**。」我再下一城：「大家要振作開來：無論走到哪，要像空氣清新劑，散發芬芳氣息，時刻為世間『加分』；不要亂發脾氣瞎抱怨，荼毒虛空則不該。另外，我一直激勵自己：**每天若有三位眾生，因我的存在而感到欣慰，我便沒白活了**。」

C姨嚷說：「義工？三位？頗有難度嘛。」我安慰曰：「縱使暫沒義工可做，最基本的服務家人也不俗呀，三位包括家人寵物呢；別忘了，我們時刻盡可創造，如跟途人打招呼、幫太座洗碗、帶狗狗散步等；哪怕最微細舉動也可為世間加分，有了目標便不賴！」靈機一動，急曰：「正如現在我跟三位前輩分享互動，也別具意義，今天我達標啦！」散會前大家奮力抄下此目標：**發揮生命意義、每天用心奉獻、為地球加分**。

多年來我照樣依法奉行，能一直留守地球村，且越走越喜悅、越感恩……大概就是這活命竅門！

當代「寫信佬」

古代有所謂「寫信佬」之行業，大致上是文人代不識字的老百姓執筆寫信，與出外謀生的親朋好友作聯繫。當然，隨着長途電話的普及，以至近年互聯網與手機的廣泛使用，這行業已幾近式微，現在你想找個「寫信佬」絕非易事。可近日我竟充當此職，助摯友解決一世紀難題。

話說某天一死黨急問：「剛收到爸傳我簡訊與附帶短片，翻來覆去看了多回，有點理解但又不太明瞭，只好找你協助，並教我應怎回覆。」嗯，這摯友乃新加坡華僑，早年移民加國，現已落地生根，有自己的家庭與事業，約一兩年才回新加坡探望雙親。她母語雖是國語，可多年在外，日常用語以英文為主，故很多時與兩老用講的還可以，但轉為書寫式的中文，她便需依仗「外語翻譯」等程式協助，且多半是用「猜」的居多。

說回老爸傳她那短片，內容大致是藉動畫故事，表達爸爸辛勤把兒女養育成人，但一個個長大後遠走高飛，剩下老頭子獨對「空巢」惹寂寥。雖摯友不諳中文，但從動畫片段也略感老爸憑片寄意，叫人更感唏噓。面對落寞的她，那心坎揪痛感同身受。我遂聽到自己幽幽曰：「這感覺我理解，給我點時間，我代你回信吧。」以下便是我代她撰好的功課：

「敬重的爸爸：

在外闖了多年，當偶然感到乏力與疲憊，總想到老爸當年同樣為守護我們這美好家庭，一直在默默堅持與承擔。沒有爸爸辛勞養育，我們難成大器。故小小風浪，我又豈敢抱怨?!心中的爸爸一直有着巨人的肩膀、大丈夫的氣魄，果敢堅毅，磊落耿直；因此，我絕不敢懈怠、軟弱或怯懦。每當面對生活上種種壓力、感無助徬徨時，是爸的身影提醒我要奮力拼下去，只有這樣才是爸的好兒女！

在外奔波時，同樣會想家念家，時刻心繫遠方的父母，但我深信更要做好本份，免父母擔心掛憂。惟望我每一分努力，也回饋給遠方父母，老天爺一定助我保祐好雙親，令您們生活無憂，稱心自在。期待很快回到家，與父母一家慶團圓。

祝好，X。」

何以我能一氣呵成的寫妥？因這全是我心底話。當了遊子那麼久，怎會不想家？父母待空巢，「盼兒歸」這份情，我自當體會。但面對生活迫人，選擇往往不多。雖捺不住相思與牽掛，但若能化之為動力激勵自己向前，同時亦以父母為榜樣，時刻感恩與傚法之，這豈非更正向與積極？

以上家書式的信息傳回家後，未幾，摯友轉述爸收信後，感心寬安慰多了，她頭頂悶氣得以化解，口口聲聲要厚酬我這寫信佬，我笑言：「不必呢，雖像替你解圍，其實更像寫來勉、勵、自、己！」

發揮「明德」助建校

「美不美？這畫畫得怎麼樣？」男友興沖沖攜出爐畫作，邊嚷着邊從畫室鑽出來。看一看，這不是上月到過的叢林嗎？心想：世上景物可瞬間被他活生生搬到畫布上，他究竟蘊含甚麼本領？見他早上挑塊平白死寂的帆布進畫室，數小時後畫布上竟閃着綺麗懾人的風景；所謂「神來之筆」大概是這意思吧！可我卻清楚面對剛愎自用的他，讚賞感言還是不便透露，以免他傲氣衝天。故我貫徹回應：「OK啦，還好、可以吧！」

要知道，男友以上行徑，一時三刻皆上演，因對於一個天生只管畫畫的他來說，生命除了畫畫……還是畫畫。每當在外涉獵到可觀景物，自會成為他的繪畫靈感：誠如那天的冬陽正好、湖上的波光粼粼、又或是街角的一盞孤燈，盡能誘發他創意無限地畫不停。雖多回被我那「冷水」般的評語淋得不是味兒，他照樣懶理地埋頭創作，我則依舊心裏敬佩，因從他作品中滲着的神韻與魅力，早叫我折服。

可愛的是，近日當他重複以上提問時，我慣常回覆後，忽地補一句：「天生我才必有用，你那才華對世間有貢獻嗎？拿美美畫作來滿足自我虛榮心或贏取坊眾掌聲要緊，抑或可善用之來利益眾生？」沒料我這冷水，一波接一波的變本加厲，男友頓時呆在當場。我不禁喃喃自語：「我們三餐一宿已夠好，着實『一無所缺』；那麼天賦技能應怎善用？這確是我時刻在腦內攪拌的問題。」

或許今回的嚴詞有助敲醒男友，他逐開腔：「歷年見老師風塵僕僕四出講學，叫人感動。近日獲悉他們正於杭州建新書院，目的同在弘揚傳統文化，及為未來新生學子共建優質的學習環境；我們遠在加國可做些甚麼？剛好被你這一問，一言驚醒。不如『義賣油畫』來支持建校吧！」一聽大樂，喜洋洋的我重複大德的開示：**「每人的特長才華不一，就你的條件去服務民眾，把優點擅長發揮出來，然後廣利眾生，這才是『大學』裏所說的『明明德』與『親民』。」**男友接腔：「是呀，能藉畫作跟民眾廣結善緣，共襄盛舉來齊種福田，此舉更令每一幅油畫彰顯其獨特的生命意義，多好。不過，真不知該怎安排好呢？」

我大力鼓勵：「你我不是早學過『求以得』之秘訣嗎？只要發心純正，老天爺定有求必應，天助自助啦！」男友大悅，連夜挑了二十張近作，逐與建校團隊接洽，一切落實安排得

如期妥當與順利。善念一啟動，勢如破竹，遠近善信大表支持，令他喜上眉梢。沒錯，只要「無我無私」的奉獻付出，當下收穫最大的……原是自己。因連日來見這藝術家幹勁十足地義賣油畫，行善果真令他持續「發光」呢！

大學之道，在「明明德」，在「親民」，在「止於至善」。

義賣愛心包

當走上大街，忽感迎面撲來冷颼颼烈風，才驚覺年底將至。一直心繫助杭州建書院的義工們：他們面對嚴冬急迫步伐、每天為研學中心趕工的心情，會是怎麼樣？幸近日男友參賽新畫作的獲獎獎金已第一時間匯到杭州負責人手中，以助燃眉之急。可是缺錢、缺人、時間緊迫等現實問題，仍需解決。想了想，男友決定再割愛，雖依依不捨那些心頭好，但救急在前，他還是快速弄好一批新油畫再作義賣，望於短期內把善款上調。

當分享興建中書院之施工花絮予老外好友時，雖大家種族、文化背景差異蠻大，但了解到這群義工們，不分晝夜滿腔熱血地在工地拚，他們均萬分讚賞。每每留意到一些嬌滴滴的女生或文青，竟赤手空拳在幹起苦力勞動來，叫人欽佩不已！他們究竟憑甚麼在撐？源於大家均擁有一顆熱烘烘的心、樂意放下舒適生活，投入為新生學子建好院校而咬牙拚。將來孩子們能於舒適書院內學懂如何與大自然和諧共處，此乃人類的希望與光明；想到這，再累也能一笑置之。故男友二話不說便趕急賣畫，而我呢？我又可作啥貢獻？

沉澱一會，腦際飄過一提示：同樣拓展你的「明德」來「親民」吧！嗯，就拿新一期瑜伽班的學費，全數上繳便是了。還有甚麼？靜默不到一分鐘，心內躍出一句：「義賣愛心『叉燒餐包＋薑餅』助建校」！男友見我竊竊暗笑，已猜想我必有新點子。我旋即興沖沖曰：「街坊摯友們大多品嚐過我的烘焙手藝，大家也認同我這愛心糕點與眾不同，尤其『港式叉燒餐包』更是一絕；就這義賣叉燒餐包，應大受歡迎。而入冬嘛，配搭暖笠笠的『薑餅』，簡直就是天下最強的『甜入心組合』！街坊摯友們得知我此舉全為將來學弟學妹建校募款，大家定開心支持呢。嚼自家製愛心包點，又可行善，何樂而不為？」

男友看我快樂瘋，不忘提醒：「若熱情友好們齊來下單，但你只得一雙手……」腦筋急轉彎的我立馬回話：「早前不是已辦過『淨心烘焙班』？開班授徒、把家傳秘方公諸同好，同學們借機學懂一手藝，又可參與義賣活動，不是更利人利己嗎？」嘩，不是看自己一口氣道盡全盤計劃，也不曉得**「有道無術，其術自生」**此理原來是真的！

透過自己熱愛的「明德」：瑜伽、烘焙、畫畫、書法、編織等專長興趣來服務大眾，越分享、越感心靈富有；箇中每步才是豐盛人生的點滴。相信當友好嚼着每口美點，想到日

後孩子們於大自然中歡欣快樂地成長，或覺奇怪：「何解這個寒冬一點也不冷？」……我必從容解答：

只因暖流在「心」呢！

學到自己得

發揮我那「烘焙明德」來「親民」，「義賣叉燒餐包」助建校，此念從萌生至策動開來，前後不到半天。瞬間一呼百應，訂單半天內持續攀升；處處還真充滿「愛」。好了，善舉既定，馬上赴廚房開工。以叉燒包與坊眾結緣，確是未可逆料。我遂自問自答：「世上有千萬種技倆，何故獨跳出『叉燒包』來？」哼，即時爸拱起背、聳着肩在專注揉麵粉的身影眨過心底，原來在我跳躍且朦朧的記憶中，與爸最強的連線還是離不開廚房事。

印象中，爸最愛分享的總是其下廚心得：「燒菜弄飯製糕點，從一開始即要全神貫注，把心思投放於每一過程中。不論食客是誰，『用心』程度也須等同於你煮給最愛的人吃！」「爸，你當時只是酒樓夥計，何解甚麼菜餚點心皆懂？」這大概是我鮮有的發問。「學到~自己得」是爸強調的人生哲理。「學到自己得」算是地道的廣東說法，意曰：為人處世，不要怕吃虧，有機會學多一點便應把握來增值。**哪怕辛苦百倍或做得比他人多，不要斤斤計較，學習到而受惠的永遠是自己！**爸從不空談或唱高調，而是以「身教」來令我明白這道理。

當一眾酒樓夥計，午後不是忙進遊樂場、電影院、或打麻將，爸即積極鑽廚房，任何點心師傅要辦的小差，爸也盡力協助，這亦即他「偷師」的過程。爸自豪說：「我就是從不貪圖安逸，趁年輕腦筋好，看點心師傅怎捏包子，在旁仿傚着，人家見我多賣力自然傾囊相授。當時的我直像一塊渴望吸收知識的海綿，很快便掌握到不少大廚的手藝心得。短時間內不斷充實，一個人有了實力，晉升機會自然多。老闆見我負責又事事精通，不出一兩年我便從小夥計跳至經理級別。一天工作十八小時、全年僅放四天假也不喊累，逮到機會還是愛奔廚房，學到自己得嘛！」

多感激這些溫馨片段，負責任、不計較、專注、用心……原來早植根我心。如今能借叉燒包行善，好歹算是把爸的真傳發揚光大，他定在雲端竊笑呵！**做給誰，也等同做給最愛的人吃，原來爸一早在教我「平等智」呢！**現每當捏弄叉燒包，我皆注入滿滿的愛與正能量，想着位位摯友嚼每口時的滿心歡喜，我更樂不可支。爸常說：「用心做的必屬極品，因添加的愛心與溫暖，肉眼雖看不見，但懂你的，自能體會。」嗯，這回的愛心叉燒包，別具意義，深信大家定能嚼出與眾不同的「溫度」！

PS. 最後來個激動總結：於一個半月的義賣中，哇！我竟親手捏弄了一百四十隻手工叉燒包，妙哉！飄回食評大致是：比高級酒樓食肆還出色、絕對是食香味俱全、開店定排長龍……反覆看着坊眾的鼓勵美言，你定知我有多樂！

日夜狂焗蛋糕，沒事嗎？

當我與「麵粉」的感情培養開來，從手工包延伸至各款點心後，我決定開展蛋糕這嶄新領域。自去年十二月中，送自己首個六吋蛋糕焗盤後，旋即上網搜羅熱門食譜，只管一頭栽進創作蛋糕的天地。於短短三個月左右，你猜我炮製出多少個出爐物？嗯，聖誕裸蛋糕、巧克力海綿、岩燒芝士、黑芝麻戚風、提拉米蘇、合桃胡蘿蔔、香蕉咖啡、草莓奶油、栗子蛋糕、黑森林、抹茶蜜紅豆、海鹽奶蓋戚風等；不是找來照片點算一下，也不自覺原來已逾二十五個。平均一個月嚼八隻，夠誇張了吧！親們擔心問：「滿以為你為籌備男友三月的生日蛋糕才不斷試練，但三月已過，何解你仍在狂焗？吃上癮、抑或中了蛋糕毒？」

當然事出有因，為令大家放下心，我逐解說：「事緣：我想由零開始，親手為香港一患病閨密炮製一個『蛋糕列表』，她向來最愛於酒店或烘焙店精挑別致蛋糕來品嘗，屬嘴饞一族。可去年底她突傳來患重病噩耗，隨即展開連串治療，她說得異常鎮定，卻倒叫人感感然。我倆天各一方，且疫情之故，回港這事變得遙遙無期。那我可怎鼓勵與支持她？當一顆心亂哄哄不知所措時，早前預訂的蛋糕模具……剛巧送到！」

親們漸會意接腔：「喔，明白了，你大概想為她打氣，親手弄些愛心蛋糕，作為她日後的『高級』獎勵。」我莞爾：「你我在病榻中，不是對一切美食特別思念的嗎？我兒時每當住醫院，總愛把一籮筐的心儀美食摘下，每天端詳一遍，自感愉悅多呢。大抵是『心、胃』相連，光看着他日能填滿胃的佳餚名稱，竟能壯大『心力』。心底吶喊：盡快好起來，即能吃盡心頭好啦！如是這每天皆目標明確的把自己激勵着，這笨笨方法我從小活用，故如今便依樣畫葫蘆來吸引閨密！」大家仍好奇：「但也不用日夜趕忙焗呀？」

「要知道，重病者面對各療程時，內心怎也難免恐懼不安，且終日悶家中，更易胡思亂想；幸通訊發達，每當她睡醒時看到我上傳的可愛蛋糕照，總教她興奮不已。每回光是聊弄蛋糕的趣事已令她笑掉牙，就這給我感應都此舉確能助她天天笑開懷。自此勤加上網學習與努力鑽研，便成了我的日常。看着日益豐厚的蛋糕列表，倒感心滿意足。能善巧發揮我的新技能、能越洋伴她積極前行；有時焗至累透，但一想到她翌日看到精美蛋糕照時的喜悅，任何疲憊也一掃而空。」

你我也明瞭：**當人面對困境時，最需要的是「信心與希望」**。幸來得及學曉焗蛋糕這手藝，而能為閨密稍盡綿力，倍感心安。生命影響生命，真莫看輕任何微細一念，你永遠不曉得其漣漪效應，或能譜出動人一頁。

我的偶像

某年我曾被一雜誌越洋訪問，議題是「我的偶像」。於隆冬大灰天，腦際適時飄來這訪問稿，無非助我重溫＋贈大家於寒冬下添點暖！以下摘錄概要分享之：

（一）請問你的偶像是誰？從何時開始？

我偶像乃「高掛天空的太陽」，約十三年前吧！

從小到大，我的偶像多隨着不同階段與閱歷在變。雖他人的奮鬥歷程對我有莫大啟發，但逐意識到「世上無完人」，聖賢大德無非是宇宙穹蒼的產物，故我漸把視野擴闊，不再把目標鎖定於人事物上。而叫我「見賢思齊」的便是我們一直依賴存活的**「太陽」**！

（二）為甚麼是你偶像（有何特別之處）？

嗯，世上只一個「太陽」，恆古如昔，它的存在總能提醒我要仿傚其偉大德行。太陽分秒在「燃燒自己」來提供動植物與一切眾生之生存所需，但它從不掛罣於沒掌聲、沒回報，只默默地奉獻付出。那相對自己呢？間中還愛斤斤計較……甚麼付出與收穫不成正比？沒人賞識器重等小心眼行徑；抬頭瞪眼太陽，慚愧下即覺察到一切乃自己心胸狹窄之過。

「超越二元對立」是太陽另一特色。人類諸多紛爭與衝突，無不建基於二元對立上。太陽展現的就是超越二元對立的大氣魄：甚麼膚色人種、國家種族、宗教宗派，所謂的「好人壞人」，它也一視同仁地普照；而我呢？卻被堆堆界線框條、虛妄分別在束縛，何時才能來到像太陽「無界線」的胸襟？尊重別人、包容異己不是光嘴巴講講，是真要做出來呢。

（三）這位偶像對你有甚麼正面影響？

（1）太陽雖唯一、獨當一面；但從不炫耀，不以強勢銳光刺痛眾生。我可效法其「溫暖他人」至恰到好處嗎？故需學習太陽：不自傲自恃，只管驅寒送暖，給大眾帶來光明、希望與信心。

（2）當狂風驟雨時，不是太陽拋棄我們，只是它更懂「處下」來配合大自然整體的運作，隨遇而安罷了。學懂處下、不主宰、隨順因緣；具智慧地適時而動而退才更像太陽的氣度……被污雲蓋頂沒所謂啦！

（3）朗日久未露面時，是在訓練我學會忍耐不焦急。「等待」是一門高深藝術。沒信心、疑心病、畏首畏尾直像黑雲蔽日，故時刻自我提醒：一切無非教我學會堅毅守候，因太陽一直穩守於後、於雲後！太陽從沒離棄我，再多的磨煉苦難也沒打緊，因太陽一直與我同在，怕甚麼？

（4）淡化自我、超越二元。如前所述，要學習太陽「無我無私」地普照萬物；沒界線區分、一視同仁地每天為眾生「發光發熱」！

撰好此文再探頭窗外，依舊灰濛濛一片，可心頭聚滿暖流，因「太陽偶像」常駐我心。

天賜「一心」

古語有云：「不怕生壞命，最怕改壞名」，可想而知，從古迄今，大家對「命名」是相當看重的。這確無可厚非：因自出生後，你便與一個稱謂日夜繫上，時刻被家人唸着，聲波迴振極具影響力的，故起個美名，實屬必要。何解聊及這課題？全因突如其來的差使，我需為摯友即將降世的小寶……命名。

說來可愛，我男友的油畫作品，向來命名這回事全歸納至我職能範圍內，他的解說是：「不知恁地，一到你手，作品之命名總是絕配！」久而久之，朋友圈已了知我太習慣「起名」這事宜。近日一位即將升格為人母的畫家好友，心血來潮嚷說：「不如你幫我下月出世的小寶命名呀?!」一聽受寵若驚，雙目不禁彎彎地濺出笑意：「嘩，榮幸至極，我定當欣喜接旨。」心想，定要好好閉關，與天地連線，用心給小可愛來個別致美名。

嗯，向來無論是為文稿、畫作甚或新書提名，我得讓自己全然靜下來，沒太多的頭腦干預分析，反而是將心靈與天地互通，放鬆地讓鮮活名稱跳回心內。往往於夜深人靜之際，人正熟睡中，卻像被誰狂敲腦門，接續靈感不絕。爬起身，胡亂寫下名字及摘下重點，醒後再於草草字堆中，重新整理成可觀命題。歷年下來皆如是，故今回接獲新任務，照舊歡天喜地向天地父母垂詢：「好友快誕小寶，請賜我美名。」哈哈，都說老天爺疼我，某深夜凌晨三時半，一個急躍翻身，手忙亂寫寫寫，翌日發現案頭紙上寫着……

「一心」，「一」意為：「一切在一中，一在一切中！」；「心」意曰：「良心、道心、初心、慈心與愛心」。天地萬物本一體，時刻感受「一體沒分別」，多麼自在愜意呢！於「一」內，以「心」去感知自身與萬物、天地共融，實為幸事。在成長過程中，從「心」出發去探索這浩瀚宇宙；以良心善念走好每步，便準沒錯。試想想，小寶從懂事起，一切皆本着愛心善念而行，處處種善因，自然善緣不絕，助他茁壯成長之餘，更能充份發揮其生命意義。而「一心」另一深義為：置心一處，無事不辦。因父母從事藝術創作，畫畫是最專注當下的，故小寶怎也遺傳到這份定力。往後無論在哪領域發展，只要能集中專注，置心一處，自然事事皆成。

哈哈，很快於一體世界內，多了「一心」的降臨作更佳點綴；光看着「一心」美名，我已預見一充滿喜樂的開心果，蹦蹦跳跳來為世間增添繽紛色彩。一心、一心，自己竟默念起這名字，本以為只命名而已，豈料同在提醒你我：**於日常生活中，是否更應「一心」地好好過？**我幾乎笑出淚水來，原來是……天賜「一心」來喚醒世人呢！

二十年積怨……隨風逝！

早前結識一阿姨，鬱結的她受神經痛煎熬逾兩年，某天我這直覺導航生物忽爾提問：「阿姨，何解你得此頑疾？」「兩年前淋過一場大雨。」我直覺又來：誰不曾淋過雨，怎會這麼簡單？我直言：「身與『心』互為牽引，若不是心生重病，身體不會持續以疼痛拉警報的。」旁敲側擊下阿姨終和盤托出：「對前夫的積怨吧，二十多年前出軌的他令我痛不欲生，是他毀了我一切。離婚後我咬牙撫養獨子成人，一人撐起整片天，甚麼能賺錢的粗活我也死命幹，大概積勞成疾啦！」唉，哀莫大於心死，勞累致病？倒是憤慨怨懟的心硬把她拖至陰溝中苦熬，才令身體堆疊出頑疾來。她漸哭訴：「二十年前曾自尋短見，三天搶救後存活下來。接續開始修行，以為早放下瞋心，但兩年前渾身疼痛時仍按不住怒斥前夫，巴不得拿利刃狂捅他。」

隔着手電，我仍能感到她那濃濃恨意，誰說時間能沖淡傷痕？若沒法超越上來，心中石頭抱越久，醞釀出的傷害更懾人。我逐開腔：「身體若長期不適，大多與心靈結縛有莫大關係。你沒能原諒、放下，即一直在內心製造毒素，這些負能量持續挫耗你生命呢。婚姻破裂是雙方的責任，但已事過境遷，應全然放下。如此磨蝕生命二十年已夠了，犯不着抵上餘生！」阿姨懺悔曰：「他之所以另覓愛侶，大抵是受不了我的主宰與霸道，這些年我活像行屍走肉……苦呀！」

或許吃夠苦的她漸能聽進忠言，我勉勵着：「解鈴還須繫鈴人，請向身體道歉，因你一直勞役它；同時，應勇於向前夫道歉，他只是於人生劇目中擔當壞蛋來助你成長，要學懂『演戲人生』之玄妙，他正是來渡化你的菩薩呵！」阿姨惘然：「向身體道歉還叫合理，向他致歉……」「不是說你當年主宰在先，就這便應道歉。若能超越上來，一切會變得不一樣，你才獲重生。」經多番軟磨硬泡，阿姨終乖乖照辦，某天收到她簡訊報捷。

「下午鼓起勇氣撥通前夫電話，向他賠罪道歉。他一下子哭了出來，說該致歉的應是他；我倆邊流淚邊聊起過往種種，百感交集。這回長談令彼此多年積怨終化解。放下的瞬間，如釋重負，忽覺屋子鬱結千年的悶氣終消退，直像引入陽光與清新空氣般暢快愉悅，心終於懂得重新『跳起來』。如果我懂早點面對，就不用活受罪那麼久！」看畢阿姨分享，不禁紅了眼眶。**人呀，最難突破的就是自我固有的框架觀念，**阿姨跨出勇敢一步，二十年恨怨得放下，不只她獲重生，同時也助前夫走出陰霾；實叫人感動。

一念轉，打開心胸肚量，世界頓變光亮無比。嗯，你心中有石頭嗎？請盡快放下，否則折騰自己，何苦來哉？

首位「道歉」的，最勇敢！
首位「原諒」的，最明智！
首位「放下」的，最自在！

當「新鮮人」，越活越年輕自是必然

每天醒來，例必跟自己說：「感恩天地父母賜我美好新一天！感恩新鮮的生命，能活着⋯⋯多好！」回頭點算，以這自我激勵開展每天的習慣已養成逾九年。很多時與摯友分享，大家像難以理解，甚或揶揄我有夠老土。或許大家慣常活得好好的，自然把一切視作理所當然。可幸我曾閃身鬼門關數回，打從心底常湧出難以言喻的莫名感激與感動！對周遭再平凡的小事皆格外珍惜、把他人對我丁點的好也會拱於手心細意呵護；不下數回瞪眼夕陽或恬靜湖水，總不自覺紅了眼眶。再怎細膩形容「活着多好」已變得無能為力地詞窮與多餘，因怎也難以抒盡其意！

我一再強調每天是新鮮的自己，要用心慢活、善用當下的生命、怎「自利利他」來回饋世間是我覺極其重要的。近日一前輩問道：「是否年紀越大，煩惱越多？」我輕鬆回話：「不會呀！依這天天新鮮的定論，當然不成立。」前輩費解：「豈有你說得那麼簡單，直如小孩般天真。天天新鮮，談何容易？」到我大惑不解：「嗯，天天新鮮是實相呢！你我身心不是時刻在變更嗎？是固有僵化的心拒絕歸零罷了。若體會不來，大概是強大的自我意識在作祟，就是一貫通病的『想太多』，才把簡單事複雜化。」

我逐細意分析：「試想想：今天你完全抹掉與他人的恩怨情仇，所有心頭大石一下子清空，全丟進大海。天天睜眼全是簇新的你，不會感到豁然開朗、暢快無比嗎？要知道，你的心本是無垢清淨的，只是自我小鬼不甘寂寞才來左拉右扯。一呼一吸，當下每口清新空氣不是新鮮的嗎？那麼進入身體而建構出的你自然得出『新鮮人』。『守舊』是你自己硬要『守着舊的』，是自己的虛妄固執。若仍要死命抱着堆堆『過去』不放，自然背『道』而馳，所以你才會煩惱不絕苦不斷。說露骨點，是不折不扣的『自找苦吃』。

而『新鮮人』是不會有心靈的負擔，每個點是起點，也是句點。對任何逆境，領受教訓後可自我提升，事過境遷，便不用擱心上。對所有傷害過自己的人，若懂智慧取角，淬煉精華，自己能琢磨成百煉鋼，亦應深存感激。如是看，沒殘留任何垃圾石頭，心靈自然通達無阻。故年紀越大，只要學會丟石頭，自當沒煩惱。時刻盡享漂浮半空之輕鬆自在，多好！**哪怕你年事再高，只要心靈鮮活，越活越年輕自是必然。**」

前輩頓時迷團漸散，笑曰：「是的，竟被你一語中的：『想太多』與『自找苦吃』完全就是我的常態、又不懂丟石頭，難怪心頭總沉甸甸！」我起勁勉勵：「就是啦，每天當『新鮮人』開展新一天，笑走每步，想不年青……也難！」

每個點是起點，也是句點。
生生不息，時刻「新鮮」！

來來去去間，我留下過甚麼？

近日獲悉一同修的婆婆百年歸老，閒聊中她感喟：「回顧婆婆一生，就是從早忙到晚衝衝衝，倉促走畢卻像沒做過甚麼，難免叫人慨嘆……」我坦言：「婆婆就是天使來提醒：還要每天拚命衝嗎？否則轉眼到終站，匆匆一生就如此，多可惜！」同修旋即振奮曰：「所言甚是，活出我的意義人生，才是對婆婆最好的紀念。多得你不斷給我鼓勵，令我正念倍增。」心想，我只是有幸於類同場合早被喚醒而已。

鏡頭切至爸爸駕返瑤池那年，因爸走得突然，我匆匆回港辦理後事。安頓心神後被家人委派一苦差，就是把噩耗通知爸最要好的知己。雖感萬分不情願，最後還是硬着頭皮撥通電話號碼。猶記得，當時大概花上十數分鐘才勉強道清我是誰。隔着手電，也可想像對方像被煙霧彈擊中；可知道，前輩只依稀記得我兒時模樣，成年後根本沒甚聯絡，忽然我這唐突來電說上一大堆，能妥善消化並對答如常實屬難得。最後我攢足勇氣吐出「爸已走了」四個字，當時前輩的反應至今仍歷歷在目。

大概靜默了比永恆還要久的時間，才待至手電對頭有聲音傳回：「嗯，熙哥……走了！」我答「是」。又沉默一段更長的時間，再傳回一模一樣重複這五個字「嗯，熙哥……走了！」雖我不欲打斷前輩思潮，但措手不及的我只管笨拙地報上「保重」之類的話語便趕忙掛線，因實在欠經驗，生怕自己先按不住放聲大哭。我猜想當時前輩應不住倒帶，奮力於這短促五個字間回播爸的一生、極速搬演彼此的相知相遇。奇怪的是：這話語在我腦際盤旋不退，逐給我莫大觸動與啟迪。

某天突然像悟到甚麼：**人，匆匆來一趟，究竟有啥值得留下？**我漸意識到這通電話原是要助我打開心鎖。究竟我來人世間所為何事？在這來去間，我在對方心田留下過甚麼：是歡欣笑靨、激勵話語、亮麗回憶抑或……？思路一釐清，首先掠過我心底的竟是過往少不更事時曾結下的惡緣，現不管誰是誰非也需揮別過去；對過去一切憾事「由衷致歉」，清空囤積心靈的垃圾才可輕鬆上路！

好了，徹底「歸零」後，「只着力當下種善因」是眼前要務：每天我的呈現必要美化地球、起心動念就是要散播「大愛與和平」，時刻回饋世間是宏旨。深信只要緊循這核心來經營每一步的自己，沿途留下的點滴盡是美善的。**我的「活過」，就是對生命沒有敷衍的竭盡全力。**只要我涉及之處，曾給誰帶來希望、愛與信心、為誰的黑夜伴以溫暖、在你苦悶軟弱時曾泛過我的微笑給力……他日我這「走了」已叫相當值得！人，走過必留下痕跡；那麼你欲留下甚麼？請用心靜慮，並好好耕耘！

後語

從前聽說：「不出戶，知天下；不窺牖，見天『道』。其出彌遠，其知彌少。」惟久未參透其深意。於是，開始深入反思：綜觀自己畢生衝着跑天下的業績，我真的有比較「懂天下」嗎？嗯，當兩條腿一雙眼沒停過的向外探索，雖從中添了不少人生閱歷與寶貴經驗，但這套生活公式卻漸漸把自己框住，以為非得往外闖不可；逐惟恐慢下來會看漏甚麼似的。豈料來到這「疫情因緣」下，造就我體驗另一個截然不同的走向。

真的，看盡繁花世界，還不如看透「自己」這本「無字天書」來得彌足珍貴！這三年迫着安坐家中，完全是天送的殊勝厚禮，給我重新審視人生與不斷學習、充實與扎根。物質層面上，我着實學到不少技能，多了好幾把「刷子」。而心靈上更是收獲豐盛：丟掉大大細細的頑石、修正不少錯誤運作方程式，且於智慧提升與淨化過程中不忘分享，自利利他；對生命實相、宇宙真理有了深切體悟。

「自知者明」、「自勝者強」：能真正了解讀懂自己的人，稱為「明眼人」；能戰勝自我的人，才堪稱為「真正的強者」。這亦是我三年宅家的珍貴收穫。持續往外跑、攀山越嶺容易，調過頭回來面對真實的自己……難矣！再險峻艱苦的旅途，自我也必能抵達；可調過來「淡化自我」，果真少一點大丈夫氣魄、勇猛的決心也不行；因直視赤裸裸的內心，簡直如獨對污煙瘴氣久未打掃的車庫，要清理整頓，頭大呢！走着每步直像撕殼剝皮般痛，但只有從「小我自我」的世界提升上來，漸次做到「無我」，生命的格局才能來到「無限」。幸每當脱一層錯誤自我，當下的輕鬆喜悦又多一分。間中懦弱時欲脱逃？但封城又不能跑哪，還是乖乖耐心打掃車庫好了，「天助我也」呢！

人同此心，心同此理。當我能以清淨心了解自己，自能了解他人；從我所處的天下深入靜觀，自能對普天下更通達明瞭。而從這進化過程中，確立此乃回家之途，因走着走着，體會到的是一份説不出的超然、踏實與心安。回頭再看以上金句，終領首領受。何需東奔西跑四出尋覓？哪用出遠門找天堂？因每個當下，我全然活於天堂內。海中魚呀，一直辛辛苦苦到處找「大海」，到最後才驚覺：**「只要終止遊蕩，才發現原來一直安坐天堂這家中」**，這深刻感悟，真要我闖過鬧過，最終來到「對的時間點、因緣匯聚」一刻，方才了然於心！

宅家三年終回歸天堂、大海；噢，不對，是發現我一直都在「天堂」內、小魚時刻皆活潑於海中游；別忘了，你我他同在這大海天堂中呢！故望大家也能藉此書「早日發現」，早日來到……「安心自在、幸福每天」！

淨土、天堂，不用到處尋找……
你本來就在裏面！

www.cosmosbooks.com.hk

書　　名　轉念一笑——找回幸福好日子
作　　者　Ginson Leung 著、Charles Choi 繪
責任編輯　王穎嫻
美術編輯　郭志民
出　　版　天地圖書有限公司
香港黃竹坑道46號
新興工業大廈11樓（總寫字樓）
電話：2528 3671　傳真：2865 2609
香港灣仔莊士敦道30號地庫（門市部）
電話：2865 0708　傳真：2861 1541
印　　刷　亨泰印刷有限公司
柴灣利眾街27號德景工業大廈10字樓
電話：2896 3687　傳真：2558 1902
發　　行　聯合新零售（香港）有限公司
香港新界荃灣德士古道220-248號荃灣工業中心16樓
電話：2150 2100　傳真：2407 3062
出版日期　2023年6月／初版

ISBN ：978-988-8550-81-4

其他作品

不藥而癒
以快樂戰勝絕症

跟我一起……變強
心靈重生之旅

走路看花
重整人生旅途

尋找天堂
十年前後的人生蛻變